神木隆之介の
Master's Cafe

達人たちの夢の叶えかた

マガジンハウス

各界の達人に出会うことができた
20歳からのこの2年は、
最高に刺激的で夢のような出来事だった——。

神木隆之介の
Master's Cafe

達人たちの夢の叶えかた

20代はいろんな人に会って、
いろんなものを見聞きして
自分を広げていきたい。
物事について深く語れる、
地に足の着いた大人になれたら。

最初はただ母に褒められるのが嬉しかった。
でも、そのうちに〝違う人になるのが楽しい〟と思うようになり、自分の意思でここまで続けてきたんです。

僕がいつも心がけているのは、
役を演じることではなく役になること。
極端なことを言うと、僕であると気づかれないことが理想。
そして、これからは表情や仕草のひとつひとつに
深みがにじみ出るようなお芝居ができたらいいなと思います。

Master's Cafe

対談の前はいつも緊張気味。
でも、お会いして会話を交わしていくうちに、
だんだん気持ちがほぐれていく。
すっかり打ち解けた気分になって、
大胆なリクエストをしてしまったり――。
（佐藤卓さんとの対談にて）

ＪＡＸＡの筑波宇宙センターで、
ロケットや宇宙の模型を夢中で見学。
夏休みのような一日に。（野口聡一さんとの対談にて）

国立天文台にて、
昔の手法に従って、
黒点の位置を紙に記録する体験も。（渡部潤一さんとの対談にて）

『嫌われる勇気』を何度も読んで対談に挑んだが、
ついつい話に引き込まれ、〝反論する青年〟には
なりきれなかった――。（岸見一郎さんとの対談にて）

サッカーボールを蹴るのは久しぶり。
監督にセンスがあると言われて、
かなりうれしかった！（佐々木則夫さんとの対談にて）

首の動かし方など、
何気ないしぐさがリアルで、
ロビの動きから目が離せない。（高橋智隆さんとの対談にて）

映像化に対する原作者の思いを
これほどじっくり聞いたのは
初めてだった。（辻村深月さんとの対談にて）

普段はまったく縁のない
文化庁長官室で少し緊張……。（青柳正規さんとの対談にて）

初めてお茶会を体験。
濃茶は甘すぎず、
甘さとほろ苦さが絶妙でおいしかった。（千宗屋さんとの対談にて）

色の変わるカーディガンに大興奮して、
思わず立ち上がってしまった。（森永邦彦さんとの対談にて）

集中力の高め方や自信の持ち方など、
役者としても
参考になる話ばかり！（国枝慎吾さんとの対談にて）

新宿末廣亭の
この桟敷席で初めての落語体験。
面白かったぁ。（柳家権太楼さんとの対談にて）

浦沢さんが仕事をする机で
愛用のペンを借り、
絵を描かせてもらったけれど、
ものすごい緊張感でした。（浦沢直樹さんとの対談にて）

糸井さんとは11年ぶり。
「ほぼ日」スタッフの方が以前、書いたメッセージを保管してくださっていて、感動……（糸井重里さんとの対談にて）

中井さんは僕にとって
父のような存在。

普段はなかなか
聞けない話ばかりで
本当に勉強になりました。
（中井貴一さんとの対談にて）

神木隆之介のMaster's Café 達人たちの夢の叶えかた／目次

デザインするって、どういうことですか？ 27
マスター 佐藤 卓さん グラフィックデザイナー

宇宙って、どんなところですか？ 39
マスター 野口聡一さん JAXA宇宙飛行士

どこからアイデアが生まれるんですか？ 49
マスター 浦沢直樹さん 漫画家

勝利へ導くにはどんな力が必要ですか？ 63
マスター 佐々木則夫さん サッカー日本女子代表監督

お茶を通して何が見えますか？ 73
マスター 千宗屋さん 茶人、武者小路千家次期家元

ロボットにはこの先、何が求められますか？　85
マスター　高橋智隆さん　ロボットクリエイター

天体は何を教えてくれますか？　97
マスター　渡部潤一さん　天文学者、国立天文台副台長

どうやって物語を動かしていくのですか？　107
マスター　辻村深月さん　小説家

文化を守るって、どういうことですか？　117
マスター　青柳正規さん　文化庁長官、考古学者

面白く話すコツはありますか？　127
マスター　柳家権太楼さん　落語家

服には、どんな力がありますか？　137
マスター　森永邦彦さん　ファッションデザイナー

考え方次第で、人は変われますか？
マスター　岸見一郎さん　哲学者　147

勝ち続けるために何をしていますか？
マスター　国枝慎吾さん　車いすテニスプレーヤー　157

仕事を楽しくする秘訣は何ですか？
マスター　糸井重里さん　コピーライター、ほぼ日刊イトイ新聞主宰　167

＊＊＊

経験とともに不安はなくなりますか？
スペシャルマスター　中井貴一さん　俳優　177

＊＊＊

おわりに　188

デザインするって、どういうことですか？

グラフィックデザイナー

佐藤 卓さん

さとう・たく●東京生まれ。東京藝術大学美術学部デザイン科卒業、同大学院修了。株式会社電通を経て、1984年、佐藤卓デザイン事務所を設立。「明治おいしい牛乳」（明治）、「ゼナ」（大正製薬）、「ロッテ キシリトールガム」（ロッテ）などのパッケージデザインを手掛けるほか、NHK Eテレ『にほんごであそぼ』の企画・アートディレクション、『デザインあ』総合指導も担当。これまでの仕事については、著書『クジラは潮を吹いていた。』（DNPアートコミュニケーションズ）で詳しく紹介。

各界の達人とお会いして、様々なお話をうかがうこのマスターズ・カフェ。
第1回の〝マスター〟は、グラフィックデザイナーの佐藤卓さん。
新鮮な驚きがいっぱいです。

神木　はじめまして。今日はマスターズ・カフェの第1回なのですが、ご登場いただき、ありがとうございます。

佐藤　お招きいただき光栄です。でも最初が僕でいいのか？　これ大問題（笑）。

神木　いえ、そんな。お会いできてうれしいです。でも僕、デザインについて詳しくなくて。基本的なことからお聞きしたいのですが、佐藤さんはグラフィックデザイナーさん……なんですよね。

佐藤　はい。一応、そう名乗っています。グラフィックデザインというのは平面のデザインを総括した言い方で、企業のシンボルマークやポスター、本のデザインはグラフィックデザインのひとつです。ちなみに、椅子や時計など立体的なものはプロダクトデザイン、車や電車くらいの規模になると工業デザインと呼びます。でも、コンピューターの導入で、グラフィックデザインの範囲も広がってきて、僕のように、商品ブランドのコンセプトや店舗の空間演出にまで関わる仕事も増えています。デザインのジャンルの境目がなくなってきているんですね。

神木　なるほど。

佐藤　僕は中高生の頃、ロックが好きになってね。当時はまだレコードで、かっこいいアルバムはジャケットもかっこよかったんです。30センチ四方のなかに写真やファッションやら、いろんな要素が入っていた。そんなLPレコードのデザインをしたいなあと、漠然と思っていたんです。

神木　それがこのお仕事を始めることになったきっかけですか？

佐藤　……のひとつではありましたね。父親がデザイナーをしていたというのもありましたけど。あとね、学科の成績があまりよくなかったんですよ（笑）。小学校のときから体育と美術は何もしなくてもよくできたの。でも、高校に入ってほかの教科をあまりやる気になれなくて、逃げるようにして美術の道に進んだというのも正直、ちょっとありますね。

神木　それが今や、誰もが知っている「おいしい牛乳」のデザイナーですもんね！

佐藤　ははは。でもね、冷蔵庫に入っているような日常的なデザインをするなんて、実はこれっぽっちも思っていなかった。

神木　そうなんですか。

佐藤　人生って不思議ですね。

個性は自然に出てくるもの。

佐藤　神木さんは、初めから今みたいな仕事に就くと思っていた？

神木　いや、全く……。本当に、運や周りの方々のおかげです。

佐藤　そうだよね。小さい頃、よく「将来の夢は？」って聞かれるでしょ。僕も「カーレーサーになりたい」と答えたこともあるけど、**本当は先のことなんてわからなくて、その都度、そのとき置かれた場で進む方向を選択していくしかない。その連続が〝今〟を作るんだよね。**

神木　そうですね。サッカー選手にはW杯をめざして予選を通過して……など、具体的な目標地点がありそうですが、役者やデザイナーさんには明確な道筋がないですしね。僕も、目の前の仕事ひとつひとつを全力でやるしかないなと思っています。

佐藤　さすが。2歳からお仕事している人は違うね。神木さんが以前『アンアン』のインタビューで、「理想は〝役になる〟こと。神木隆之介であると気づかれないくらいがうれしい」とコメントされていて、すばらしいなと思ったんです。デザインも本来はそうあるべきなんじゃないかと。いろんなことを散々やって、次第にそう思うようになりました。でも、デザインというと普通、注目を集めるためのものと思うでしょ？

神木　そうですね……。目立つものがデザインだと思っているかもしれません。

佐藤　もちろん、そういう派手なデザインも世の中には必要なんだけれど、それはほんの一部。普段の生活を支えているデザインのほとんどはそうじゃない。だって、今、座っている椅子がどんなデザインかなんて、意識しないでしょう？

神木　あ、ほんとだ。

佐藤　**デザインされていることに気づかないくらい、生活に溶け込むデザインも必要なんですよ。**だって、毎日冷蔵庫の中で、牛乳が目立っている必要ないもの（笑）。

神木　確かに！

佐藤　牛乳は「牛乳」でいい。（牛乳のパッケージに向かって）あなたは「牛乳」でいなさい（笑）。……でも、デザイナーって、それ以上のことをやりたがるんです。僕もデザイナーだからわかる。そのほうが簡単なんです。昔、「プラスにすることだけがデザインではない。引いていくデザインもある」というのを本で読んでね。世の中に過剰にあるものを削ぎ落としていく行為も〝デザイン〟であると。でも、若いデザイナーは自分の個性とクリエイションの間で悩むんですよ。どう自分を表現するか、どこまで自分を出すべきなのか。自分を表現しなければ、まるで自分自身を失うかのような恐怖を感じる人もいて。俳優さんにも、役作りなんかでそういう悩みはあるんじゃない？

神木 いろいろな考え方があると思うのですが、僕は「役と自分は違う人間」だと意識しています。もちろんビジュアルは僕なんですけど、その人（役）に実際に会いに行けそうと思えるくらい、〝僕〟ではなく〝その役〟を存在させたい。でも、カットがかかればすぐ神木隆之介に戻れるし、それは自分の個性を消すわけでも殺すわけでもないんです。

佐藤 なるほどねえ。でも多くの人は「個性を出せ」と言われて、どうしていいか困っちゃうんですよね。「個性を大事に」というフレーズはガンですよ。**個性は創り出すものでも意識して大事にするものでもなく、自然と出てくるものだから、心配いらない。**

神木 わかります。その方はそのままでいるだけで、まぎれもなくその方自身ですもんね。

佐藤 そう。年寄りの責任として言いたい。自分を出すにはどうしたらいいかなんて悩まないで、目の前のことに集中したらいい。

神木 結果はあとからついてくる。

佐藤 すごいねえ。20歳とは思えない発言！　僕はそう思えるまでに2倍の時間がかかったよ（笑）。

商品が違えば、デザインも自然に変わる。

神木 ところで、デザインの発想って、どんなふうに生まれるんですか？　パッとひらめくときと、綿密に考えるときがあるのかな、と思うのですが。

佐藤 例えば、滋養強壮ドリンクの「ゼナ」と「おいしい牛乳」では商品も飲む目的も、飲む人の気持ちもまるで違うんですね。

神木　朝と夜くらい違いますね。

佐藤　そうそう！　なので、まず、その商品がどんなものなのか。他社製品と何が違うのか。徹底的にお話を聞いて商品の性格を調べるんです。そのとき、〝自分がやりたいこと〟は一切持たないようにする。自我があると、それが邪魔して客観的な情報を取り込めなくなるので、やりたいことが芽生えたら、早いうちに刈り取る。「いや、私の作品を作っているわけではない」と。そして、商品に気持ちを集中させて待っていると、ふっとやるべきことが見えてくる。「あ、そういうことか」と。

神木　降りてくるんですね。

佐藤　**自力ではなく他力なんですよ。何をデザインしても〝その人自身〟が表れるデザイナーもいますが、僕は真逆。ひとりの人が作っているとは思えないくらいバラバラ。商品が違うから、結果が変わって当然なんです。それが本来、デザイナーのやるべきことなんじゃないかと思う**けれど、若い頃は「もっと卓ちゃんらしさを出したほうがいいんじゃないか」と言われたことも。今、ようやく自分のやってきたことは間違いではなかったんじゃないかなと声に出せるようになりましたね。

神木　そうなんですね。

佐藤　大学院を出て、25歳で広告代理店に入ったとき、〝面白い〟コマーシャルが全盛だったんです。モノを売るための広告なのに、なぜ面白さを前面に出す必要があるんだろうと疑問だった。商品名すら覚えてもらえないようなものがたくさんあって。

神木　物語のほうが強く印象に残って、何のＣＭだったか覚えていないということが、たまにありますね。

佐藤　それは本来、広告のやるべきことなのだろうかと……。生意気でしたけどね。入ったばかりで。

神木　そもそも商品を売るための広告ですもんね。

佐藤　それにはまず、商品の魅力を伝えなくちゃいけない。するとパッケージ以外のものも関わってくる。ちょうど独立する頃だったんですが、ニッカウヰスキー「ピュアモルト」の広告を任されたとき、ボトルの容量から値段、ネーミング、広告に至るまで自主プレゼンした結果、全面的に関わることになって、それが仕事の範囲も自分の方向性も大きく変えるきっかけになりましたね。神木さんは、大きく自分が変わるきっかけになったものってある？

神木　そうですね……。高1のときに、『ブラッディ・マンデイ』というドラマでハッカーの役を演じることになったんです。初めての悪役で、ハッカーらしく見せなくちゃいけないし、どうしようと考えていたとき、指先の動きを思いついたんです（落ち着きなく指先で机をクリックしたり、爪で爪をはじくポーズをしてみせる）。顔は笑って落ち着いて見えるのに、画面の端で、指先だけせわしなく動いていたら、イラついている嫌な奴に見えるんじゃないかと。

佐藤　面白い！

神木　それまでは感覚重視で演じていたんです。でも、そのときから、役の見せ方を考えるのが楽しくなった。お芝居の観点ががらりと変わったんです。

佐藤　すごいねえ。それが高校1年のとき!?　大人だね。

デザインの理想は水のようなあり方！

神木　さきほど佐藤さんがおっしゃった「他力」というのとちょっと違うかもしれませんが、僕も役に力を借りている感覚があるんです。僕自身はごく普通の人間だけど、役の力を借りると、自分でも思いもしないことができるようになることがあって。例えば、一気にアクションができたり、役がやりそうなアドリブがふっと出てきたり。役に手伝ってもらっている感覚なんです。

佐藤　自分では想像もつかないものを引き出してもらうような？

神木　そうです、そうです！

佐藤　本来、人ってそういうものなんじゃないかと思うんですよ。**「俺が俺が」と思っていると、俺の範囲を超えられない。でも、役や相手や仕事に自分をいったん委ねてみると世界も広がっていくよね。**そうしていると、ものすごく楽しくない？

神木　楽しいです！　自分ではなくなる感覚。自分のほうに役を近づけるという方法もありますが、僕の場合は毎回、役のほうにお邪魔して、役が物語のなかで伝えたいことを、カラダを通して表現しているというイメージなんです。

佐藤　デザイナーと俳優、仕事の種類は違うけれど、スタンスは共通するところがあるね。

神木　佐藤さんは、デザインは「つなぐもの」だともおっしゃっていますよね。

佐藤　**デザインを何に喩《たと》えたらいいだろうと考えたことがあって、一番近いのは水なんじゃないかと。水は液体にも固体にも気体にもなる。人間のカラダも7割は水でできているし、水と関わりのないものって世の中にないんですよ。**植物も農業も工業製品も。ときには大災害を引き起こす。デザインも生活のなかのあらゆる場面に関わってくるし、扱い方によっては戦時中のファシズムみたいに危険なものにもなりうる。デザインの理想は水のようなあり方なんじゃないかと思ったんです。

神木　なるほど！

佐藤　髪型、洋服、文字。社会の仕組みに至るまで、どんな場においても、デザインマインドは必要だと思いますね。

神木　社会の仕組みのデザインってどういうことですか？

佐藤　例えばね、きちんと機能している会社の組織図は、デザインもきっときれいだと思うんですよ。
神木　確かに、複雑すぎたりすると機能しにくいかも……。
佐藤　デザインにフォーカスする必要はないけれど、**これからは政治や経済、医療に至るまで、いろんな物事をつなぐのにデザインを活かしていったら円滑に進むんじゃないかと思うんです。そもそも自然環境にはどこにも破綻がなくて、分子構造までもが美しい。人間だけが破綻したものを生み出しているんです。**ストレスなくつながっている物事には、そこに存在することさえ気づかれないような、美しく溶け込んでいるデザインがあるんじゃないか。神木さんが役になりきって作品の一部となって、個人の存在が消えて見えるのと近いと思う。美意識、審美眼みたいな視点は大事だと思うんだなあ。

カラダを使っていかないと、感覚が鈍る。

神木　佐藤さんは、デザイン用のアイデアノートみたいなものはお持ちなんですか？
佐藤　これなんだけど（システム手帳を広げて）、最近は、メモ程度にしか書かないんですよね。
神木　うわあ。きれい！　これはすごい。メモレベルじゃない！
佐藤　これは国立科学博物館のシンボルマークの大もと（38ページ参照）。
神木　すごい！
佐藤　僕は、コンピューターでは線一本引かない。全部手で書いているんです。スケジュールも、次の1週間の予定を秘書から聞いて、この手帳に手で書き込むんです。僕にとって、覚悟を決める儀式みたいなものなの。手を動かすことは大事と思っているんです。考えたものを手で書くことで外に出して、それが目から入って、脳にインプットされる。カラダを通して循環するような感じ。

神木　そういえば、『桐島、部活やめるってよ』の撮影のときに、自分が演じる役のキャラクターについてレポートを書くようにと吉田（大八）監督に言われて書いたんです。書くという行為が加わったせいか、頭で考える以上のことが出てきて、役に入りやすかったですね。

佐藤　それ、面白いね。**カラダを使わないと感覚も鈍るし、意識してカラダを使うようにとスタッフにも言っているんです。デザインの現場はコンピューターが主体になって、誰が描いても同じ線が描けてしまう。でも、**

神木　ありがとうございます。さっきの神木さんの爪を使う役作りのお話、面白かったなあ。

佐藤　カラダひとつで、人を感動させることができるのってすばらしいと思う。憧れますね。ダンサーとか歌手とか役者さんとか。

自然に触れると、自分の大きさがよくわかる。

神木　お休みの日はどうされているんですか？

佐藤　僕、サーフィンが趣味なの。

神木　僕の両親もサーフィンやります！　息子は全然だけど（笑）。

佐藤　そう!?　お父さんいくつ？

神木　53歳です。

佐藤　ショック……年下だ（笑）。土曜の朝は一人で茨城や千葉の海に行って、午後から会社に来て仕事をしています。サーフィンが好きすぎて、「ロングボーダー・リカちゃん」というのを作っちゃったくらい。普段の仕事では、できるだけ自分を出さないようにするけれど、限定で好きなもの作ってくださいと言われると、モードがパチンと切り替わるんですね。波乗りには、いろんなことを教わりましたね。

神木　例えばどんなことを？

佐藤　波って自然のものだから、コントロールできないんですよ。自分主体じゃなく、相手や環境に沿わせて、そのなかで自分がどう楽しむか、というのを学んだ気がします。神木さん、（アンアンの）インタビューのなかで、「自分とは違う意見もいったん受け入れたい」と話していましたよね。僕もね、クライアントから反対意見を言われると、その理由を知りたくなって、逆に興味が湧くんです。そこを丁寧に尋ねると、別の視点が見えてストンと腑に落ちる。そこで初めて同じ土俵に立てて、何を選択するか決められる。そういうのが好きなの。

神木　僕の母も同じことを言ってました！　褒められるよりも、ダメ出しポイントを聞くほうが興味が湧く。理由を知って、それを直したいと。

佐藤　それ、サーフィンをやっているからかもしれないですよ。**サーフィンをしていると、自分がコントロールできる範囲なんてタカが知れていると痛感するんです。人間ってとかく傲慢になりやすいでしょう？　そのしっぺ返しが環境問題。**でも、自然に沿う生き方は、もともと日本人は縄文時代からやっていたんですよね。近代化でおかしくなっちゃったけれど。サーフィンで波に呑まれていると、毎回自分の小ささを思い知らされるんです（笑）。だからやめられない。

神木　じゃあ僕も、サーフィン始めてみようかなあ（笑）。

国立科学博物館
National Museum of Nature and Science

（上）佐藤さんのスケッチを拝見！恐竜の歯をイメージしたマークは、のちに国立科学博物館のマークになった。

（右）日本玩具文化財団から依頼されて作った限定のリカちゃん人形「ロングボーダー・リカちゃん」。大好きなサーフィンに挑戦してもらうことにし、日焼け具合や口紅の色、ハイヒールでもボードに乗れる足の角度など、細部にまでこだわり抜いたという。

第1回でとても緊張していたんですが、気さくに話してくださって本当に楽しかったです。特に共感したのが、「他力」という言葉。演技をしながら感じていることに近いような気がしました。

　また、対談の最後に、勇気を出して、この企画（Master's Café）のロゴマーク（p13ほか）をお願いしたら、喜んで受けてくださって感激しました。佐藤さん、素敵なデザインを本当にありがとうございました。

宇宙って、どんなところですか？

JAXA宇宙飛行士

野口聡一さん

のぐち・そういち●1965年、神奈川県生まれ。東京大学大学院修士課程修了後､石川島播磨重工業株式会社（現IHI）に入社。1996年、NASDA（現JAXA）の宇宙飛行士候補生に選定され、2005年にスペースシャトル「ディスカバリー号」で初の宇宙飛行が実現。2009年にはロシアのソユーズ宇宙船で国際宇宙ステーションに行き、約5か月間滞在した。2014年、宇宙探険家協会会長に就任。『オンリーワン　ずっと宇宙に行きたかった』（新潮社）､『宇宙においでよ！』（講談社）など著書多数。

各界の達人とお会いして、様々なお話をうかがうこのマスターズ・カフェ。
今回はＪＡＸＡの筑波宇宙センターへ行き、
憧れの宇宙飛行士・野口聡一さんにお目にかかって、大興奮！

神木　聞きたいことがありすぎて迷ってしまうのですが……。まず、はじめて宇宙に行ったときって、どんな感覚だったんですか？

野口　そうですねえ。**ロケットが打ち上げられて空に昇っていくときは、ものすごい振動と加速、そして荷重なんです。それが、宇宙に着いてエンジンが止まった途端、急に無重力になる。それが宇宙初体験です。**スペースシャトルでもソユーズでも無重力域に達するまで、だいたい8分半なんですね。

神木　8分半ですか！　速い！

野口　「3、2、1、0、発射！」から8分半で宇宙に着く。するとその瞬間に全てのものが浮き始めるんです。全てのものって、たとえばこういうもの（机の上の雑誌やＩＣレコーダーを指して）が浮くのは想像つきますよね？　でも、それだけじゃなくて自分の体の中のものまで浮くんです。

神木　うわああ。体の中のもの、ですか？

野口　胃がせり上がってきたり、血がわっと頭にのぼったり。床のゴミが一斉に浮き上がる。それを目の当たりにしたのが、最初の強烈な印象ですね。今までいかに重力に囚われていて、そこから解き放たれるとこうなるのか！　と気づいた瞬間でもある。次に、窓越しに地球が見えてくるんですね。最初に思ったのは、「あ、地球って本当に丸いんだ」と（笑）。圧倒的にまぶしいんです。青とか白とかいう以前に、非常にまぶしい。

神木　明るいではなく、まぶしい？

野口　ええ。ずっと見ていられないくらい強烈な光でした。もちろん、夜は真っ暗ですけどね。宇宙船の窓越しに見た地球の印象は「まぶしい」。そして、きれいな絵を見ているような感覚だったんですよね。だけど、船外活動で改めて地球を見たときはまた違った印象を受けました。**宇宙は真空で、地球と僕の間に何も遮るものがないんです。手を伸ばせば触れられるかのように感じたし、「生きもの」としての地球がそこにあると思いました。やっぱりそれはすごい迫力なんです。**そうだな……ちょうどテレビで見ていた人を、直接目の前にしたとき、見た目は同じでも体感するものは全く違うでしょ？　そのくらいの差。ライブ感があるというのかな。

神木　ほおお……。

宇宙から見た月は、圧倒的な存在感。

神木　国際宇宙ステーション（以下、ＩＳＳ）からは、地球以外の星は見えるんですか？

野口　月や火星はよく見えますね。ＩＳＳは地球を1時間半で1周する。だから45分おきに昼と夜が入れ替わるんですが、夜になるとほかの星もよく見えますね。北半球に行ったり南半球に行ったりするので、いる場所によって、北斗七星だったり南十字星だったり、見える星は違いますが。

神木　地球から見るのとはやっぱり違うんですか？

野口　地上には、空気の層や塵《ちり》があるでしょう？　でも、宇宙は真空で、塵にも雲にも邪魔されないので、チカチカ瞬かない。何光年離れているかはわからないけれど、とてもクリア。ずっと同じ光で輝いています。

神木　なるほど！

野口　2回目の宇宙で、約半年間ISSで過ごしたときは、月がすごく印象に残りました。お月さんって、「おぼろ月夜」とか、百人一首でも「雲隠れにし」とか、弱々しく女性的な存在として語られるでしょう？

神木　はい、はかなげで美しいものというイメージがあります。

野口　あてにならない、とかね。実際はそんなことはないだろうけど（女性スタッフに向かってにっこり）。それは、雲に隠れたり、出る場所が毎日ずれるので、天上に輝く夜もあれば、朝方ちょこっと顔を出すだけで隠れてしまう日もあったりで、そんな印象を与えていたんですよね。でも、**宇宙にいると、月が本当に規則正しく上がるのがよくわかる。地上で見るのと同じ月齢で28日周期。新月が三日月になり満月になる。月の出の時刻を計算してカメラを構えて待っていたんですが、時間ぴったりに昇ってくるんです。**圧倒的に大きくて明るいし、表面の凸凹もくっきりと見えて、非常に男性的なものに感じました。昔は、月以外に明るいものがなかったから、月の存在が大きかったんでしょうね。昔の人々が、月を暦に取り入れたのもわかる。

神木　月と星しか、時間をはかるものがなかったですもんね。

野口　今は、今日の月がどうなのかなんて日頃気にしていませんけど、「今夜は満月だから外に出ても大丈夫」とか生活に密接に関わっていたんでしょう。和歌にもたくさん詠まれているし、「立待月《たちまちづき》」って満月の翌々日の月のことなんですが、満月が出た時間からちょっと待っていれば現れる、という意味。日本語としてもとても美しいですよね。

神木　宇宙で昔のことを思うって不思議ですね。まさに花鳥風月の世界。

宇宙船の外は、音も風もない無重力の世界。

神木　ところで、船外作業のとき、真空に飛び出していくのは、怖くはなかったですか？

野口　一応、命綱がついているんだけど、ロッククライミングの命綱とは意味が違うんですよ。走っている車から飛び降りるのとも、モーターボートから海に落ちるのとも違う。車も船も、しがみついてないと振り落とされちゃうでしょ。宇宙船の場合、動いている宇宙船と一緒に、外に出た僕自身も動いているんです。

神木　同じ軌道に乗っている、ということですか？

野口　そうです！　その時点で、自分も星になっているわけ。宇宙船と同じスピードで動いているから、命綱を離したら落っこちるというのではないし、スピードも感じない。東京から大阪まで40秒くらいで通過するのを見て、速度は頭ではわかりますけど、ハッチを開けても空気がないので風が吹き込むこともないですし、とても静か。なので、イメージされるようなアクロバティックな怖さはないですね。

神木　よくSFアニメなんかで見るような、扉を開けるとゴオオオ!!　と爆風が吹き込む感じではないんですね!?　真空で、音も風もなく無重力……どんな感覚なんだろう。

野口　**人の体って、実は耳の奥で重力の向きを感じとっているんですね。目を閉じ、耳を塞いでも、どちら側に地面があるかわかるのは、重力があるから。また、目を閉じて腕を左右に広げたとき、筋肉には重力に逆らって腕を支えようと力が入ります。その力の入り具合で〝自分の腕の状態〟を摑んでいる。ところが宇宙では、どんな体勢でいても、どこにも力がかからない。**脚が曲がっていてもわからないんですよ。目で見えていればまだいいんですが、船外活動でヘルメットをしていると、視界は目の前の狭い空間だけ。自分の脚は全く見えないので、極端な話、脚がないかのような感覚になっちゃうんです。

神木　脚がない感覚!?

野口　全身がここ（頭を指して）だけに集中するような感じです。頭からつま先まで、という体全体の感覚は消えますね。あと、無重力空間では、まっすぐ進んでいるつもりでいても、気づかないうちに自然に回転していたり、天井だったはずのところがいきなり体の横に現れたりと、平衡感覚が狂ってしまうんです。それを繰り返すと乗り物酔いのような感じになります。これがいわゆる「宇宙酔い」ですね。

神木　宇宙船内では、それが一番つらいことですか？

野口　無重力の弊害ということで言うと、困るのは、置いた場所に物がとどまってくれないことかな。食事のとき、食器はベルクロというマジックテープで固定するからいいんですが、フォークに持ち替えようとしてうっかりスプーンを置くと、いつの間にかスプーンがすーっと消えて「僕のスプーン知らない？」という情けない状況に陥ったりします（笑）。すぐに慣れますけど。口でくわえていればいいだけだから。宇宙では手が足代わり。データファイルを口にくわえ、バッグを脚で挟み、手で移動する。犬になった気分です（笑）。

神木　野口さんは今、地球ではどんな仕事をなさっているんですか？

野口　ＪＡＸＡ（宇宙航空研究開発機構）の宇宙センターで働いています。ここには日本初の有人実験施設「きぼう」や無人の宇宙船「こうのとり」などの技術が集まっていて、管制センターがあり、宇宙と日々24時間体制で交信しています。そこで宇宙ステーションの運営や、将来の宇宙船の設計の打ち合わせをしたり。僕自身はまた宇宙に行きたいと思っているので、その訓練もしています。

神木　どんな訓練なんですか？

野口　宇宙で行う実験の練習や、ロボットアームの操縦の訓練。また、閉鎖環境でのチーム作業を確認するために、去年（２０１２年）はイタリアの島の洞窟に食料と実験装置を持ち込んで、他国の宇宙飛行士と1週間暮らしました。日が一切射さなくて時間がわからないから、宇宙と同じような環境が作れるんですね。そこで、いかに緊急事態に対処できるかを訓練する。来月は、フロリダの海底基地に3週間滞在します。

神木　わあ。僕には無理そうです（笑）。

野口　大丈夫！　君は人間の数万倍のスピードで動き回れる「ＳＰＥＣホルダー」だから（笑）。

神木　世界がストップしている間に何事もなかったように処置する！　って、それはドラマの役の話（『ＳＰＥＣ』での一十一《ニノマエジュウイチ》役）ですから（笑）。ところで、宇宙飛行士に必要な資質って、何でしょうか？

野口　大勢で仕事をする任務なので、協調性やチームワークは求められますね。あとは任された仕事を責任を持ってできるかどうか。また、想定外のことが起きる環境なので、どんなときにもパニックにならずに対応できることかな。……隆之介くんが向いているかどうかですか？　大丈夫。落ち着いた演技を見る限り、隆之介くんは向いていると思います（笑）。

宇宙はどんどん近くなっている!?

神木　子供の頃から宇宙飛行士になりたいと思われていたんですか？

野口　僕は高校生のときにはじめてスペースシャトルの打ち上げを見て、宇宙飛行士になりたいと思ってそう公言していたんですが、ずっとそれだけを一途に目指していたかというとそうでもないんですね。大学では航空学科のなかの「原動機学コース」を選んで、ジェットエンジンやロケットの研究をしていましたし、会社では飛行機のエンジンの研究開発をしていました。入社5年目で、幸か不幸か宇宙飛行士の募集があって、昔の夢に戻ってきた感じ。辛抱強いとか首尾一貫とか言われますが、結果的にそうなっただけでね。

神木　それでも夢を叶えられて、すごいと思います。実際に宇宙へ行って、考え方や価値観は変わりましたか？

野口　地球への見方が変わったかな。**地球環境とか自然環境ってなんとなくふわっとしたイメージしか持てないけれど、実際に宇宙から地球を見ると、生きているものなんだという実感を持つんですね。そのとき、少なくとも僕たちはここ（地球）でしか生きられないし、限られた自然や資源、環境を守っていかなくてはという気持ちに、自然となりました。**

神木　なるほど。そういう気持ちになるのは、わかる気がします。

野口　あとは、違う尺度、違うスタンダードがあるということを、想像できるようになりました。これは、生まれてはじめて外国に行ったときに感じるカルチャーショックにも通じますね。例えば、日本ではどこでも同じ時間だけれど、海外で時差を体験するのって、最初はびっくりしたと思うんですよ。同様に、地球上ではどこも重力がかかるのがあたりまえだけれど、宇宙に飛び出せばそれはスタンダードじゃない。月の重力は地球の6分の1だというのもあり得るということが想像できるようになります。

神木　宇宙に行くのって、僕なんかはまだ想像の外の世界です。でも、星は大好きなので、もしも行ける機会があるのであれば行ってみたいですね。

野口　ロケットとか無重力体験とか、F1やアクロバット飛行のような魅力ももちろんありますが、一番の醍醐味はやはり景色だと思います。外側から見る地球、遮るもののない星空……。それを目にするのは特殊な体験ですよね。もし隆之介くんが宇宙に行って帰ってきたら、間違いなく新たな発見があるでしょうし、表現も変わるかもしれない。宇宙でのドラマ撮影も、いずれはできるようになるんじゃないですかね。

神木 それ、すごいですね!!

野口 「まいったよー。『SPEC3』、火星ロケだって。ヤなんだよ、あそこ遠いしさー」とか言ってたりして（笑）。普通に、地上の3倍の高さでジャンプしたり。

神木 わあ、スケールの大きい話ですね。そういうことって、実際にはいつごろ叶うんでしょうか？

野口 なかなか難しい問題ですね。でも、最初はガガーリンさんやアームストロングさんら、本当に一握りの人しか行けなかったのが、今やけっこうな人数が宇宙に飛び立っている。お金を払えば行けるようにはなってきているんですね。あとはロケットの数を増やして、危険をどれだけ減らせるか。飛行機だって、ライト兄弟がはじめて空を飛んでから、たかだか110年ですからね。

神木 まだ、そのくらいしかたっていないんですね。

野口 その前は人類の誰も空を飛んでいなかった。ライト兄弟も最初はほんの12秒飛んだだけだったのに、たった110年で、これだけ飛行機が一般的になり、赤ちゃんが飛行機に乗るのも普通になった。何年かかるかはわからないけれど、やがて誰もが宇宙に行けるような時代になるんじゃないかという気はしますけどね。行ってください！『SPEC』のロケでぜひ（笑）。

(左上)初めての宇宙飛行で野口さんが担当したのは船外活動。ロボットアームにアダプターをつけたり、耐熱パネルを貼るなど、1日に6時間を超える作業をこなし、体力的にはたいへんだったという。(写真提供/JAXA)

(右上/右)見学コースでは、ISSの日本棟「きぼう」の内部の様子が見られたり、宇宙服姿で写真を撮ったり、目いっぱい楽しめる。

いやぁ、感無量でした。野口さんは穏やかで、僕の拙い質問にも優しく答えてくださいました。でも、お話の内容がすごすぎて、どうリアクションしたらいいのか(笑)。一番驚いたのは、無重力では自分の手足がどうなっているのかわからなくなってしまう、ということ！　地球上では絶対に体験し得ないことをこの方は体験されたんだなあと、わくわくしました。

宇宙旅行、僕の孫の時代には自由に行けているんでしょうか。行ってみたいですね。

どこからアイデアが生まれるんですか？

漫画家
浦沢直樹さん

うらさわ・なおき●1960年、東京生まれ。1983年「BETA!」でデビュー以来、数々のヒット漫画を世に送り出す。代表作は『YAWARA!』『MASTERキートン』（脚本／勝鹿北星・長島尚志）『Happy!』『MONSTER』『20世紀少年』『PLUTO』（原作・手塚治虫　長崎尚志プロデュース　監修／手塚眞　協力／手塚プロダクション）など。小学館漫画賞、講談社漫画賞、手塚治虫文化賞マンガ大賞、アングレーム国際漫画祭最優秀長編賞、文化庁メディア芸術祭最優秀賞など、国内外の漫画賞を次々と受賞。2008年より『モーニング』にて「BILLY BAT」（ストーリー共同制作・長崎尚志）を連載中。

各界の達人とお会いして、様々なお話をうかがうこのマスターズ・カフェ。
今回は、漫画家・浦沢直樹さんの仕事場にお邪魔し、
大ヒット作品の創作秘話などに迫ってみます。

浦沢 僕がいろいろ教えるっていう趣旨なのかもしれないけれど、神木くんの演技からはいつも勉強させてもらっているんです。『桐島、部活やめるってよ』は、ここ数年で一番いい映画でした。

神木 そんな……うれしいです！

浦沢 黒澤明やヒッチコックなんかがいい例だけど、もともと映画っていうのは風変わりなものなんです。だから、久しぶりに映画らしい映画を観たと思いましたね。

神木 僕は浦沢さんの漫画で『ＰＬＵＴＯ』が特に好きなんです。こういうことを人に話したことがないからちょっと恥ずかしいのですが、ゲジヒトさんやアトムのようなロボットたちの悲しい表情がすごく印象に残っています。ただ悲しいっていう感じじゃなくて、悲しさのなかに希望や絶望が見え隠れして、人間が本当にするような憂いのある表情だと思いました。

浦沢 彼らはロボットだから、あれは学習した悲しみの表情なんですよ。プログラミングで徐々に本当っぽい悲しみの表情ができるようになったっていうこと自体が、すでに悲しいんだよね。

神木 なるほど。だけどロボットが感情を表すことは、現実にはないですよね。どうやってそれを想像して描くのですか？

浦沢 やっぱりロボットのつもりになるというか、演技しながら描いているんでしょうね。

神木 演技、ですか⁉

浦沢　描いている最中の人物と同じ表情になっていますからね。怒ったり、笑ったり。だから、いい演技をしている神木くんを見ると悔しくなる（笑）。

神木　やばい、僕、浦沢さんにそんなふうに見られているんですね（笑）。

ふっと浮かぶアイデアから世界が広がる。

神木　キャラクターを作るときは、性格などの特徴を細かくメモしていくんですか？

浦沢　しないしない。とりあえず顔を描いてみるんだけど、**キャラクターが生きてくると、最初に描いた顔がだんだん変わってくるんです。反対にいつまでたっても、最初の顔を見直す作業をしているキャラクターは、漫画のなかであまりいい役者とはいえない。見ないで描けるということは、今の状態でいい演技をしていることなんです。**だから、多少顔が変わっていたとしても気にしない。下手に戻ると、せっかくのいい演技がぎくしゃくしてしまいかねないから。

神木　ゼロから物語を作るときは、どういうところからアイデアが生まれるんですか？

浦沢　そのときどきで違うけど、『20世紀少年』の場合、マークをタイトルにするというのが最初の発想でした。読み方のわからないマークが自然と読者の間である呼び名になり、それがタイトルになるっていう。でも流通の関係で実現しなかった。「幼なじみたちの、マークをめぐる古い記憶」みたいなイメージも何となくあったので、いいアイデアだったのになあ、なんて思っていました。それと同じ時期に『Ｈａｐｐｙ！』という連載の最終回を描き終え、打ち上げをした夜、お風呂に入っていたら「彼らがいなければ、21世紀を迎えることはできなかったでしょう」っていう国連での演説シーンがふっと浮かんだんですよね。

神木　うわあ、すごい！

浦沢　そして〝彼ら〟が紹介されたとき、T・レックスの「20センチュリー・ボーイ」が流れて、流れでタイトルは『20世紀少年』ってね。それらの発想がいろいろ融合して、あの作品ができたんです。

神木　面白い！　そんなふうに突然浮かぶことは多いんですか？

浦沢　僕の場合はほぼそうかな。**イメージとしては、頭の上のほうでモヤモヤと漂っているものを、パッとつかまえる感じなんです。**

物語を発信する側と受け手とは、儚い関係。

浦沢　映画でも音楽でも漫画でも、いいものに出合うとすごく嫉妬してしまうんです。「くっそー、なんで僕がもっと早く気づかなかったんだろう」って。一般のお客さんは素直に感動するのだろうけど、僕らみたいに作るほうの人間は、嫉妬の炎が燃え上がってしまう。

神木　僕の友だちの役者さんも『桐島、部活やめるってよ』を観て、「ちくしょー！」って。

浦沢　中学のとき、手塚治虫先生の『火の鳥』を全巻読んで、世の中にはなんてすごい発想をする人がいるんだろうと思ったんだよね。ドラマはもちろんだけど、これを思いついた手塚治虫の存在に衝撃を受けて。昔から、物語そのものよりも、作り手に関心が向いてしまうタイプなんです。

神木　なるほど……。

浦沢　映画を観ているときも、常にエンディングを3～4パターンくらい考えてしまいます。「そっちの方向に行っちゃうと、一番よくない終わり方になるんじゃないの？」なんて思ったりしながら。

神木　僕も最近、「この人はなんでこういう言い方をしたんだろう」と、セリフの意味などをかなり考えるようになりました。結果的に大した意味がなかったとしても、逐一考えるのが面白いんです。

浦沢　いいドラマっていうのは、説明しておかなければいけない情報の処理のしかたがうまいよね。とりあえず言っときますけど、みたいな感じの説明的なセリフもたまにあるじゃないですか。人間関係や状況を受け手に自然な流れでわからせてあげるのが、上手な脚本だと思うなあ。

神木　漫画を描くときも、そこはやっぱり気にしていますか？

浦沢　それが仕事と言ってもいいくらい、一番気を使うところですね。**僕は〝連載〟という形態にこだわっているので、「ラーメン屋に置いてあった雑誌をたまたまめくった」ような一見さんにも理解できるとっかかりを、毎回作ってあげたいと思っています。**例えば会話のシーンだったら「お兄ちゃん」というセリフを入れて、話している人たちが兄弟なのだとさりげなくわかるようにしてみたり。毎週、入り口をきちんと作って、いつ読んでも次号が楽しみに思えるような工夫をします。最近の若い漫画家さんには、そこが少し欠けている気がするんですよね。

神木　若い方は「単行本をまとめて読めばわかるから大丈夫だ」と思っている、ということですか？

浦沢　うん。読者を信頼しすぎている気がします。僕は逆に、読者はいつも離れたがっているというか、一応毎回買ってはいるけれども、常にやめるきっかけを探しているのではないかと思っています。だからこそ「お別れしないでほしい」っていうくらいの危機感を持って描かなければいけない。

神木　ずっとトップを走り続けているのに、その危機感ってどこから生まれるんでしょうか？

浦沢　我々発信する側と受け手は、本当に儚《はかな》い関係性なんです。たとえばライブだったら、目の前でお客さんの反応がわかるじゃないですか。だけど映画や漫画は、正直わからないよね。あの演技をどう受け取ってくれたんだろうっていうのは、映画館に行ってチェックしなければいけないでしょ？

神木　僕、『桐島〜』を自分で5回、観に行きました。一番後ろの席に座って、川崎の人たちはここで笑うのかとか、渋谷の人たちはここで笑うのかって。場所によって全然反応が違うんですよ。

浦沢 それは面白いね。

神木 正直、そのくらいしないと、本当にわからないんですよね。僕たちは発信するだけして、あとはもう任せるしかないというか。

浦沢 僕らも一緒。「自分としては面白いんだけどどう？」って出しっぱなしの状態。わかってくれているかなあ？　って常に思いながら仕事をしているんです。

自分の好みと違うことをあえてやってみる面白さ。

神木 漫画家になることは、小さい頃からの夢だったんですか？

浦沢 漫画家という職業につきたいと思ったことはないんです。なぜかというと、売れない漫画に好きな作品が多くて、売れている漫画にはあまり興味がなかったから。でも売れない漫画を描いて貧乏するのはゴメンだな、と思っていました（笑）。

神木 じゃあ、漫画は趣味にするつもりだった……のでしょうか？

浦沢 編集者になりたくていろんな出版社を訪問しているとき、漫画の原稿を持っていったんです。そしたら小学館の編集者に「これ、新人賞に出してみない？」って。で、応募したら賞を取っちゃった。

神木 ええっ、すごい！

浦沢 試しに1年くらいやってみようと思って始めたんだけど、ちょうどその頃は、大友克洋さんが『ＡＫＩＲＡ』を描き始めたりして、漫画の改革期ともいえる面白い時代でした。それで僕も、自分のマイナーなスタイルを変えずにメジャーな場所で表現するにはどうすればいいか、大友さんをお手本に考えてみたんです。

神木　そのとき、もう連載を持たれたんですか？

浦沢　『パイナップルＡＲＭＹ』という連載漫画を始めたんだけど、今も僕の担当編集をしてくれている長崎尚志さんが、こんなふうに言ったんです。「浦沢くんの絵は上品で僕も好きだけれど、ここは割り切って下品にいってみないか」って。銃を持ってドーンと構えている絵なんて描きたくなかったけど、自分の好みとは違うことをあえてやってみるっていう考え方が面白いと思ったの。それがうまくいって、同じ流れで次にお笑い企画として描き始めたのが、『ＹＡＷＡＲＡ！』だったんです。

神木　え？　『ＹＡＷＡＲＡ！』はお笑い企画だったんですか？

浦沢　〝あのマイナーな浦沢が女子柔道漫画を描く〟っていうのが自分の中での隠れキャッチコピーでした（笑）。新人漫画家だから世間的には『ＹＡＷＡＲＡ！』が本来の作風みたいに見えるんだけど、僕は５歳から描き始めているから、キャリア20年のマイナーな漫画描きだったわけ。「スタンリー・キューブリックが大好き！」とか言ってるようなやつが、女子柔道漫画を描くってなんだそれ⁉　ってノリで始めたんです。そうやって10年くらいたった頃、そろそろ本当に自分がやりたいことをやってもいいですか？　って始めたのが『ＭＯＮＳＴＥＲ』です。

神木　だけど、やりたいことをやるまでの10年って、すごく長い気がするんですけど……。

浦沢　普通、人間は10年も待てないって評論家にも言われました（笑）。だけど、好き嫌いとは別に、『ＹＡＷＡＲＡ！』みたいなものも僕の中に〝本道〟としてあったんだろうね。**僕は手塚治虫やスタンリー・キューブリックが好きだから、そうじゃないものはかっこ悪いという理由で脇によけていたんだけど、実際に描いてみたら、実は自分の真ん中に背骨みたいにしっかり入っていたんですよね。**

神木　じゃあその10年間は、次にやりたいことをやるための準備期間というだけでなく、そのときやっていることを純粋に楽しめた時間でもあったんでしょうか。

浦沢　それもあるし、その頃はまだ、自分の作家としての有り様もふにゃふにゃで、どっちに転ぶかわからないような状態だったからね。自分の好きなものは大事にしていたけれども、だからといって頑固に踏ん張るほどのことでもなかった。それに漫画を描いて生活するのは、生半可なことではないっていうのもわかっていたので。

神木　そうですよね。役者も一緒だと思います。

浦沢　だけど、いろんな人の話を真摯に聞きながらも「こういうこともできるんじゃないですか？」っていうふうに、自分の意見は常に言えるようにしておこうとは心がけていました。だからデビューしたてのときも、自分の単行本の装丁をやらせてほしいとか、無理難題を結構言っていましたね。

一度でも妥協したら、この仕事は終わり。

神木　毎回締め切りがあるなかで、高いクオリティを保ち続けるのは本当にすごいと思うのですが、「まあいっか」と思ってしまうようなときはないんですか？

浦沢　**アシスタントに、口癖のように言っているのがまさにそれ。「この仕事は、〝まあいっか〟って言ったら終わりだからな」って。一度でも「まあいっか」と思うと、次もそうなってクオリティがどんどん落ちてしまうから。**

神木　確かに、そうですね。

浦沢　前にやった仕事よりも、次のほうがよくなければいけないっていうのが鉄則なんです。

神木　それはつまり、好きだからこそ！　っていう〝情熱〟とは、別の話なんですね。

浦沢　ところがねえ、絵を描いているとやっぱり楽しいんだよね。今年（２０１３年）53歳なんだけど、上手に描けたときのうれしさが、小学生のときにお絵描きをしていた感覚と同じなの。キャリアも長くなってきて、周りが偉い先生みたいに扱ってくれるんだけど、よくよく考えると小中学生の頃とやってることが一緒なんだもん（笑）。何日か寝られなかったりと、**体力的なつらさはあるけど、描くのが嫌だと思ったことはないな。それに、実は20年前と比べると、描き上がったときの疲れ具合が、そこまでひどくないんです。正直、もっとヘトヘトになっていないと「やり切った！　完成！」と思えないのに、それってどうやら、絵がちょっとうまくなっているからみたいなんだよね。**

神木　なるほど！　上達したからこその感覚なんですね。僕も芝居をしているときは、やっぱりすごく楽しいですね。演技がうまくいってカットがかかった瞬間、「よっしゃー！」ってガッツポーズするのは、たぶん僕くらいだと思います（笑）。

浦沢　自分でうまくできたと思ったときと、監督がいいって言ってくれるときのタイミングが合っていると幸せだよね。

神木　そうなんです。だけど僕の場合、演技についていろいろ考えるようになってから、逆にNGの数が増えました。言い方のニュアンスや音程、顔の表情やしぐさで全然違って見えるので、ＮＧは多いほうが楽しかったりします。

浦沢　同じ演技でも、年齢が変われば違った演技に見えるしね。

神木　そうですね。15歳のときと今とでは、ＮＧの数も理由も全然違いますし。最近、徐々に新しいところに踏み込んでいくことができて、すごく気持ちのいい瞬間があります。

浦沢　それは見ているほうも一緒かもしれない。一定の枠の中でキャラクターを決めすぎちゃうと、見ているほうはどこか安心しちゃうんだよね。だけど神木くんの場合、「このキャラクターは、きっとこの枠の中に収まっているんだろうな」って油断していると、突然そこからガッと飛び出てくることがあるから面白い。

神木　本当ですか？

浦沢　僕は、それを「桂馬理論」って呼んでいるんです。将棋に桂馬っていう駒があるじゃないですか。桂馬は変わった動きしかできないから、最初は「こいつ、不器用だなあ」と思う。だけど向こうの陣地に行くと、突然前後左右に動けるようになるから、「おまえ、実はそんなに動けたの⁉」ってびっくりするような独特のスリルがあるんですよね。

神木　僕もそういうスリルを内に秘めているのかなあ（笑）。

浦沢　昔のロバート・デ・ニーロって、穏やかな役を演じていても、いつかいきなりキレるんじゃないかっていう不穏な雰囲気があったじゃない？　僕らは『タクシードライバー』イコール、デ・ニーロの世代だから、余計にそう思ってしまうんです。神木くんの演技もそういう不穏な感じを内包している気がするな。

神木　友だちに「キレたら一番怖そう」とは言われます。一時期、僕をわざと怒らせようとすることが流行ったりもして。それでもキレなかったですけどね（笑）。

突拍子もない〝妄想〟が作品を生み出す原動力。

浦沢　神木くんは妄想って好き？

神木　好きです。ぼおっと考え事をしていると周りが見えなくなって、学生のとき、学校のバス停が遠ざかっていたこともありました。

浦沢　やっぱりそうだよね。僕は子どものとき、〝頭から布団をかぶった瞬間にそこが地下帝国になる〟っていう妄想をしていて、夜寝るのが楽しみで仕方なかった。布団をかぶったら、昨日の続きのドラマが始まるわけだから。

神木　それ、いいですね！　僕がよくやるのは、今日はこういう性格の人になったつもりで一日過ごしてみようっていう設定。歩き方や、すれ違うときに目が合った人への目の対応の仕方などを、設定に合わせて変えてみるんです。

浦沢　さすが役者だね！　僕は、子どものときに変なタイミングで引っ越しちゃって、友だちがしばらくできなかったんです。それで鏡に映っている自分を、なぜかスミスくんと名づけたの。スミスくんはアメリカ軍の基地にいる子で、お父さんがスパイらしくて基地の話をいろいろ教えてくれるんです（笑）。『20世紀少年』で〝ともだち〟が鏡に向かって話すシーンは、僕の実体験でもあるんです。

神木　僕も鏡に向かってしゃべっていたことがあります！　「僕はこう思うんだけど、どう？」って鏡の中の自分に聞いてみると、意地悪な答えが返ってきたりして（笑）。

浦沢　**言ってみれば、漫画というのは妄想したい放題。道具は紙とペンだけでほとんどお金がかからないから、どんな〝ロケ〟もできちゃうんです。**

神木　たしかにそうですね、映像と違ってカメラの位置も、お金を気にしなくていいですしね。

浦沢　空撮だってサーッとできちゃうし、とんでもない未来の社会もすぐに作ることができる。それが漫画の最大の強み。実写でロケをやりたいと思ったら、まずはお金の計算から始まりますよね。漫画にはそれがないから「舞台は南フランス、一方アフリカでは……」みたいなことが平気でできてしまう。

神木　本当ですね。一瞬にしてどこでも飛んでいける。

浦沢　「同じ頃、月面では」なんてこともできちゃうわけで。その設定がもしもうまくいかなかったとしても、くしゃくしゃっと紙を丸めてしまえばそれでおしまい。

神木　想像って楽しいですよね。僕は漫画が大好きなので、役作りの参考にすることが結構あります。どんなしゃべり方や表情をするんだろうって自分で想像して、役作りをしていくんです。

浦沢　神木くんの読む漫画は、きっとかなり面白いはずですよ。というのも、漫画は読者参加型の媒体なので、セリフを読むのが下手な人はきっとあまり面白く読めないんじゃないかと思うんです。

神木　そうなんですね。

浦沢　実を言うと、それはすごく重要なことで、漫画を読んでゲラゲラ笑ったり、泣いたりできるのは、読み方のタイミングが絶妙だからなんです。もちろん漫画家としては、「こうやって読んでほしい」というのを想定しながら描くわけだけど、漫画家の思う通りに読んでくれる人ばかりとは限らない。神木くんみたいな役者が読んだら、そりゃあ面白いはずですよ。

神木　何だかうれしいです。僕、いつもひとりで笑ってますから。

浦沢　ところで、今後チャレンジしてみたい役はありますか？

神木　大学生じゃなくて、会社員の役をやってみたいですね。スーツを着て、デスクでキーボードをカタカタ打っているような役。

浦沢　外商の役とか似合いそう。お宅に訪問して高い商品なんかを売る、百貨店の人。

神木　それ面白そうですね。僕、誰とでも絶対に仲良くなれる自信があるので、外回りの役とかやってみたいんです。

浦沢　大ヒットしますよ、それ。

神木　ほんとですか（笑）。

（上）手前の人形は『MONSTER』に登場する"なまえのないかいぶつ"。

（右）浦沢さんのギターコレクションに大興奮。ロックミュージックは、浦沢さんの作品にもたびたび登場するモチーフだ。

（左）『20世紀少年』で重要なモチーフになった目のマーク。ここから壮大な物語が生まれた。

お会いできてうれしかったのですが、同時にかなり緊張しました。「ふっ」とアイデアが浮かんでくるということでしたが、それをあたかも普通のことのようにおっしゃっていて、もはや領域が違うとしか思えませんでした。それが数々の大作になるわけですから。なんという想像力の持ち主！　浦沢さんのほうが不穏だと思います（笑）。とにかく、新たな発見があったので、早く家に帰って作品を読み返したいです。

勝利へ導くには どんな力が必要ですか？

サッカー日本女子代表監督

佐々木則夫さん

ささき・のりお●1958年、山形県生まれ。10歳でサッカーに出合う。帝京高校では主将を務めてインターハイ優勝。明治大学卒業後、日本電信電話公社に入社し、NTT関東サッカー部（現・大宮アルディージャ）で選手として活躍。2006年、なでしこジャパンのコーチに、翌年、同チームの監督に就任。2011年に女子ワールドカップ（ドイツ大会）で優勝し、2012年のロンドン五輪では準優勝、2015年、女子ワールドカップ（カナダ大会）でも準優勝に導いた。著書に『なでしこ力』『なでしこ力 次へ』（共に講談社）がある。

各界の達人とお会いして、様々なお話をうかがうこのマスターズ・カフェ。
今回は、〝なでしこジャパン〟を世界のトップチームに導いた
名監督の佐々木則夫さんを訪ねました。

神木 佐々木監督は普段、女性ばかりの環境でお仕事なさっていますよね。僕は中学のとき、クラスに男子が僕ひとりだけだったんです。女子は予測不能でわからないなあと戸惑うこともたくさんあったから、すごいなあと思って……。

佐々木 クラスに男子ひとり⁉　誰もが経験できることじゃないですね。それは、神木くんだけが体験したことなんだから、自信につなげたほうがいいと思う。

神木 そうか！　そんなふうに捉えたらいいんですね。

佐々木 悩んだり戸惑ったりしながらもその時期をクリアしたというのは、神木くんにとって大きな宝だと思いますよ。

神木 ありがとうございます。実はお会いする前にすごく緊張していたんですが、少しお話ししただけで、ふわっと気持ちが軽くなりました。監督のような方に、母校の先生でいてほしかったです。

佐々木 いやいや、僕だって緊張していますよ（笑）。20歳の男子と話をする機会はそうそうないですし。おかげさまで、僕も7年くらい女性たちには囲まれていますが、クリアしたかどうかはわかりません（笑）。

神木 サッカー日本女子代表の監督になったとき、一番はじめはどんな感じだったんですか？

佐々木 僕は最初、コーチとしてなでしこジャパンに入ったんです。その後、監督のオファーをいた

だいて、どうしようかと迷っていたら、娘と妻が「パパなら大丈夫だよ」と言ってくれて。その2人の安易な言葉で決意しました（笑）。ただ、妻には「カッコつけないでやりなさい」と言われました。男って、どうしても女性の前では身構えて鎧《よろい》をつけちゃうんですよね。

神木　そう……かもしれません。

佐々木　でも、身の丈で接していれば、相手もオープンになってくれるし、どんなところが受け入れてもらえないのかが明確になる。非常に楽なんです。**「（女子チームの監督は）大変でしょ」とよく言われるけれど、大変だとは思っていないですね。男性も女性も基本は変わりませんし。ただ、女性がすごくいいなと思うのは、気持ちを顔に出してくれるところ（笑）。不本意なことがあると、すぐに「でも……」って顔に出るんです。**男はそういうとき、我慢しちゃって伝わりにくいことが多いけれど。

神木　確かにそうですね。

佐々木　僕の言葉を気にしているなとか、反応を観察してフォローできるので、そういう点はやりやすいです。あと、女性って、自分のことよりも仲間が悪く言われるのが嫌なんですよね。以前、ある選手のプレーを見て、思わず「何やってるんだよ……」とつぶやいたことがあったんです。近くに他の選手がいることに気づかずに。そうしたら、女性スタッフがあとから「監督、さっきのまずいですよ」と助言してくれました。僕も間違いがあれば正す。お互いに意見を言いやすい環境をつくって、それを大事にしています。

神木　なるほど。それでなのか、なでしこジャパンの皆さんは、いつも楽しそうに見えますよね。

佐々木　練習を観に来た海外メディアからも「明るいですねえ」とよく言われます。見学に来られた方々に「あんなにふざけていていいのか」と呆れたように言われたことも（笑）。

神木　そんなにですか（笑）。

佐々木　特にウォーミングアップのときは明るいね。いいパフォーマンスをするには、リラックスするのが一番だから。

神木　２０１１年のワールドカップ決勝のＰＫのときも、「楽しんで」と満面の笑みで送り出していましたよね。

佐々木　あのときはもう、ＰＫの前から笑顔でしたからね。アメリカを相手にすげえな、この選手たち！　とうれしくなっちゃって。

神木　なでしこの方たちは戦い方もなんというか、美しいですよね。

佐々木　**うちの選手たちは、勝ちたいからといってフェアじゃないことを絶対にしないんです。そのひたむきさが観ている皆さんに伝わるんじゃないですかね。**日本女子サッカーのビジョンに「ひたむき」「芯が強い」「明るい」「礼儀正しい」というのがあるんですが、まさにそう。日本の女性は努力家で協調性もあるし、非常にサッカーに向いていると思います。

主体は監督ではなく選手、現場の声こそ大事。

神木　佐々木監督は、選手のみなさんに「ノリさん」と呼ばれていると聞いたのですが……。

佐々木　そうなんです。なでしこジャパンのコーチだったときから、ずっと。当時の監督のことは、みんな「監督」と呼んでいたけれど、コーチはもう少し距離が近いせいか、僕は「ノリさん」と呼ばれていたんです。ところが監督になることになって、選手たちが「なんと呼べば？」と困ってしまったので、「ノリさんのままでいいよ」と僕から提案しました。

神木　コーチ時代の佐々木さんを知らない若い選手も、そう呼んでいるんですか？

佐々木　ええ。もう「ノリさん」がフレーズになっていますから。スタッフは「監督」と呼んでくれますし、選手も取材のときは「監督」と言っているようだけど。

神木　監督の著書『なでしこ力』のなかでも、「いつでも選手と同じ目線の高さ〈横から目線〉で接するよう心がけている」と書かれていますよね。でも、親しみやすく楽しくするのが大事なときと、監督然としないといけないときがあると思うのですが、どんなふうにして切り替えられるのですか？

佐々木　その場によって切り替えなきゃいけないことは、選手たちもよくわかっていますので、それは自然に……。もし、切り替えられなくて、緊張感のないトレーニングをしていたら、僕も叱るしね。でもね、ときには僕が間違えることもあるんですよ。例えば「今日のトレーニング、なぜノッキング（動きがぎくしゃくすること）しているんだ？」と強い口調で叱ってしまったことがあって。ところが冷静に考えたら、僕の決めた練習内容がよくなかった。そういうときは、「俺のオーガナイズが悪かった、ごめん」と素直に謝ります。で、選手たちが「やっぱりね」って顔をしたりして（笑）。

神木　そうなんですね。チームの上に立つ方が、自分から非を認めて謝るって、なかなかできないことですよね……。

佐々木　そうね。でも、僕だって、パーフェクトな監督じゃありませんから。それに、**実際にプレーをするのは選手たち。僕が客観的に考えたことが正しいとは限らないし、大切なのは彼女たちがピッチで感じることを汲み取ること。**２０１１年の決勝のとき、延長の前半で、僕は川澄（奈穂美）選手のポジションを変えたんです。そしたら直後に点を入れられちゃったのね。すると、川澄選手がベンチに来て「私、元のポジションに戻ったほうがいいんじゃないですか？」と提案してくれて、「そうしよう！」とすぐ助言に乗りました。サッカーは、監督の指示待ちでは間に合わない。選手が、瞬時に自分で判断しないといけない。その自主性を引き出すことが要《かなめ》だから、選手からの提案は大歓迎なんです。

神木　なるほど！

佐々木　演技でも、あるんじゃない？　その場の役者さんが作り出す雰囲気がよくてＯＫになるとか。

神木　あります！　少しくらいセリフを間違えてしまっても、場面の空気感がよく出ていて、監督の心が動いたからＯＫになるということは確かにあります。

佐々木　**最終的な結果の責任を背負うのは監督だと思うんです。お芝居の現場と同じかどうかはわからないけれど、選手が最高のパフォーマンスができるように準備と構成をするのが監督の役割ですからね。**だから、パフォーマンスする人の意見は大事なポイントになる。あくまでも主は僕ではなく、彼女たちなので。

神木　映像の監督にも、いろんなタイプの方がいらっしゃいますが、現場のいい雰囲気作りに気を使ってくださったり、役者とスタッフの間を積極的につないでくださる方だと、こちらも意見を言いやすいですね。でも、さすがに映像の監督のことを、僕は下の名前では呼べないです（笑）。

勝利の鍵を握るのは控えの選手たち！

神木　大きな大会の合間は、どのようなことをしているんですか？

佐々木　女子サッカーは、大体4年スパンで動いています。いま（2014年）は、2015年のW杯に向けてなでしこジャパンの新規メンバーを見極めながら、チームのベースを作る時期。なかなか結果につながらないこともあるんですが、あくまで焦点は来年なので根気強く進めています。

神木　スポーツの世界って勝ち負けが明確ですよね。なでしこジャパンにとっての「勝利」とは、やはり試合に勝つことですか？　それとも、最高のプレーをすることだったりするんでしょうか。

佐々木　もちろん一番の目的は「試合に勝つこと」です。勝とうという意識がなければ何も生まれませんから。ただ、１００％勝ち続けるなんてあり得ませんが。

神木　そうですよね。「負け」はどのように受け止めるのですか？

佐々木　**勝っても負けても、必ず次へのステップになります。むしろ負けたほうが、目標を高く掲げるきっかけとしては強いかもしれない。勝負ってね、実は試合に出る選手だけのものじゃなく、サブの選手の存在が大きいんです。**レギュラー選手の活躍はテレビなどで華やかに報道されるでしょう。するとやっぱり、試合に勝ってもサブの選手は素直に喜べないという事態が起きるんです。でも、それではメダルは獲れない。サブの選手やスタッフがどれだけ「自分たちのチーム」という意識で関われているかが大きなポイントになるんですね。

神木　なるほど。

佐々木　全員が同じモチベーションを保つことはできないけれど、下げさせないことは重要。なので、サブの選手のこともしっかり見て、「君たちが勝負を決める人材なんだよ」と常に伝えています。

神木　何をきっかけに、その思いに至ったのですか？

佐々木　自分自身、現役時代にレギュラーになれなかった体験があるからですかね。この世界は厳しくて、頑張ったからレギュラーになれるというものではないですよね。「出たくても出られない」というつらい体験を皆が通過してきたから、レギュラーの選手は出られない選手の分も頑張り、サブの選手は全力でサポート態勢に臨む。それがチーム全体の力になります。もちろんその意識に至るまでには時間はかかりますが……。

神木　それを、数年かけて構築していくんですね。

佐々木　なでしこのチームワークは、30年の歴史の中で築かれた伝統でもあるんですよ。お誕生日をみんなで祝って踊ったり、仲間を大事にする気風がもとからあって、いいなあと思っていました。お互い頼りすぎてしまうところも多少あったけれど（笑）。**目標達成のために、誰かの指示を待つのではなく、チームの中で自分がどう動いたらいいかを個々に考える。それを「集団的知性」と呼んでいるんですが、なでしこの大きな戦力となっています。**個々のパフォーマンスが決して高くなくても、試合に勝てる。これは、手柄をたてようとする自己主張の強い選手の集団では決して成り立たない戦い方です。

神木　本当にそうですね。

佐々木　試合前にダジャレを言って緊張をほぐすのは本来、僕の役割だったんですけどね、五輪のときは選手がそれを積極的にやってくれました。決勝に負けたときも、選手たちがロッカールームで大泣きしていて、大丈夫かなと外で心配していたら、次第に妙な泣き方に変わって……最後はみんなで手をつないで笑顔で出てきました。誰かに言われる前に、自分たちで切り替えたんです。

神木　本当にいいチームですね。お話を聞いていて、監督が選手を信じて温かく見守っているのが感じられて、監督と一緒なら頑張れると、みんな思うのではないかなと感じました。僕もお会いしたのは初めてだったのに、すでに恩師に出会ったような気持ちです（笑）。

（左上）女子サッカー普及のための活動「なでしこひろば」で、子どもたちに特別指導をする佐々木監督。女子がサッカーに触れあえる機会は、まだまだ少ないのだそう。

（右上）2011年のワールドカップ金メダルを首にかけていただき、かなり緊張した。

（右）2011年、FIFA最優秀監督賞を受賞。副賞の時計が左手首に。授賞式での「なでしこジャパンの総合力、チーム一丸となったことへの賞」というコメントが印象的だった。

サッカーと俳優業は世界が全然違うのに、チームプレーの話は通じることがありましたし、人との向き合い方も誰にでも当てはまることですよね。お話をうかがって、楽しかったですし、とても勉強になりました。

まるで母校を訪ねたような安心感があって、すっかり生徒の気分でした。場を楽しくすることも常に考えておられて、だからこそ、相当なプレッシャーがかかる試合のときでも、あんなふうに選手を送り出せるんですね。なでしこジャパン、これからも応援します！

お茶を通して何が見えますか？

茶人、武者小路千家次期家元

千宗屋さん

せん・そうおく●1975年、京都生まれ。慶應義塾大学大学院修士課程修了。2003年に茶道三千家の一つ、武者小路千家15代次期家元として「宗屋」を襲名、同年大徳寺にて得度。茶道具のみならず、古美術や現代アートにも造詣が深く、海外や若い世代などに茶の湯文化を広めながら、現代におけるお茶のあり方を模索している。著書に『茶──利休と今をつなぐ』（新潮新書）、『もしも利休があなたを招いたら』（角川oneテーマ21）、『茶味空間』（マガジンハウス）などがある。

各界の達人とお会いして、様々なお話をうかがうこのマスターズ・カフェ。
今回は、千宗屋さんの茶室「重窓」を訪ね、お茶会まで体験させていただきました。

神木　お茶会の流れをひと通り体験させてもらい、濃茶《こいちゃ》と薄茶《うすちゃ》*をいただいて、和はこんなに美しいものなんだって改めて思いました。

千　お茶の様式は400〜500年かけて作られているだけあって、完成された美しさがありますよね。でも、季節や使うお道具、何よりも集まる人が毎回違うので、その都度必ず違いが出てくるし、人によって感じ方も異なるところが面白いんです。

神木　同じことをやっても、決して同じにはならないわけですね。

千　今日、茶室の床の間にしつらえた掛け軸が、千利休が堺の茶人仲間に宛てた直筆の手紙であることは、先ほどご説明しましたよね。

神木　はい、とても驚きました。

千　「春の間に京都に来てもらおうと思っていたのだけど、お互いに忙しく、気づいたら青葉の季節になってしまいました」というようなことが書かれています。今の季節に合わせたのと、ようやくこの対談が実現したね、という思いを込めて、この掛け軸を選びました。今日、こうやって神木くんをお迎えするために床の間にかけたことによって、それが単なる歴史の資料ではなく、今、意味のあるものになる。**貴重なものを博物館でガラス越しに見るのは、過去を振り返る行為だけれども、お茶のなかで現役のものとして使うと、自分たちも長い歴史の一部に連なることができるんですよね。**

神木　さらに100年、200年先は、今日のことが過去になるわけですしね。自分が過去の人になるって、なんだか不思議な感じです。

千　過去と今がつながっていて、連続性があるということです。ただし、古いお道具を使わなければいけないという決まりはありません。新しい道具だけで行うお茶会もありますし、亭主*が合うと思ったら、古いものと新しいものをミックスしてもいい。どうしても作法に意識が向きがちですが、それ以上にしつらえやお道具などがとても大事なのです。

神木　先ほど茶碗や茶杓*などのお道具の説明をしてくださいましたが、そういったお話は、僕が初心者かどうかは関係なく、必ずしてくださるものなんですか？

千　お道具の説明は大事な意味を持っているので、必ず行います。神木くんにちなんで、今日は「榊《さかき》」という銘の茶杓を用意しましたが、例えばその人の好きな焼き物や、出身地の工芸品、仲の良い人であれば一緒に行った旅先で買ったお道具などを使ってもいいですよね。

神木　僕のことを考えて選んでくださったと聞いてうれしかったです。

千　初めて訪れた外国で日本人に会うと、親近感が湧いて話しかけたくなるじゃないですか（笑）。それと同じで、こういうあまり馴染みのない世界で知っているものや身近なものに出合うとうれしくなりませんか？

神木　はい、お茶の世界を少し身近に感じることができました。

＊濃茶と薄茶　濃茶は上質な抹茶をたっぷり入れた、とろりと濃厚なお茶。茶事と呼ばれる正式な茶会で出され、ひとつの茶碗を数人で回し飲みする。薄茶はひとり分ずつ点てる、さらりとしたお茶。

＊亭主　茶会を催し、招いた客を接待する役割を担う主人のこと。

＊茶杓　抹茶をすくう道具が茶杓（写真左）。ちなみに抹茶を入れておくのが茶入で、写真右のものは千さんがニューヨークで偶然見つけ、「里帰り」と命名。帰国後、箱と仕覆（袋）を新調したもの。

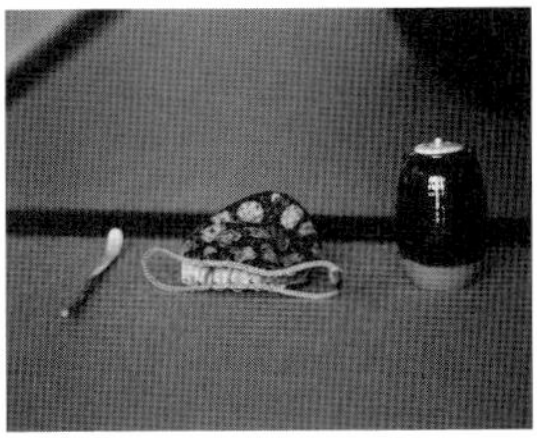

茶碗を回すことにはどんな意味がありますか。

神木　中学のときにお茶の授業があって、あのときもっと真面目にやっておけばよかったと今さら後悔しているのですが（笑）、茶碗を右に回したり左に回したりするのは、どういう意味があるんでしょうか。

千　確かにお茶といえば、茶碗を回すイメージがありますよね。茶碗をじっくり見るとね、たとえ無地でも必ず〝好みの面〟があると思うんです。そこで、自分がよいと思った面をお客さんにすすめるわけですが、そこが茶碗の正面になります。一方、受け取ったお客さんは、亭主ご自慢の茶碗の正面を汚すのは申し訳ないという気持ちで、回して飲み口をずらすのです。

神木　そういう意味なんですね！

千　そして、飲み終わったら茶碗を再び拝見する。そのときは一番美しいところから見るべきなので、また最初の位置に回して戻します。

神木　作法の意味を知ると、印象が全然違いますね。僕の中で茶道は敷居が高くて、少し習ってみるのにも覚悟がいるような、そんなイメージだったんです。

千　でもね、**習うことを目的にしてはいけないんです。例えばサッカーをしたかったら、まずルールを知らなければできませんよね。ルールを習うことを目的にゲームをする人がいないように、ゲームを楽しみたいからルールを覚えるのが本来の順番です。**お茶というゲームを楽しむためのルールがいくつかあって、やっぱり練習を積み重ねると、本番の試合でもその練習をなぞるだけではなく、自分なりのプレーができるようになる、それが楽しいわけ。

神木　自分なりのプレーを楽しむコツはありますか？

千　お茶における本番試合、つまり茶会では、失敗してはいけないなどと作法を気にしすぎず、一座を共にした人と楽しもうとすることがまず大切です。そのためには個人プレーになってはいけません し、共に〝和〟を作っていかなければいけない。性別も年齢も生まれも育ちも異なる人たちがひとつの場に集い、濃茶をひとつの茶碗で回し飲みをして、共に分かち合う。お茶を点てる亭主も含めて、ひとつの所作にみんなが集中して無になり一体感を味わう。これが僕の思うお茶の理想的なあり方です。**人間は〝自他の別〟というのを常に持っているものですが、失礼があってはいけないとか、恥をかいちゃいけないということを意識しているうちは、まだまだです。他者とひとつになりたいという人間の本質的な欲求を、お茶という型にはめることで成就できるのです。**

お茶は単なるドリンクではない⁉

神木　型をなぞるだけでなく、アレンジを楽しむこともありますか？

千　いくらでもありますよ。茶室以外の場所でお茶をするのは、まさにそうです。ほかにも例えばバレンタインデーに好きな人を呼んで、チョコレートをお菓子にしてお茶会をするなんてこともいいですよね。

神木　気構えなくていいし、すごくかっこよくて、楽しそうですね。

千　畳の部屋や着物、床の間に季節の掛け軸を飾ったり、季節のお菓子を出したりなど、お茶の席でのあれこれが昔の人には日常でした。だけど、現代のライフスタイルはそこから遠くなり、完全に非日常になってしまっている。だから必要以上に構えてしまうんですよね。でも、お茶のように完成された様式は美しいし、もはやお茶にしか残っていない日本のいいものがたくさんあります。とはいえ、着物を着ることに敷居の高さを感じてしまう人も多いので、ＴＰＯをわきまえていれば洋服でも構わないと僕は思ってるんです。その辺はバランスですね。

神木　単純にお茶を飲むと気持ちがゆったりしますし、ひとりのときは自分と向き合う時間になって、自問自答ができるんですよね。

千　落ち着かないときや気分を切り替えたいときに、お抹茶を一服自分で点《た》てて飲むのはすごくよいんです。ただし単なるドリンクとして飲むんじゃなく、旅先で買ったとか、大事な人にもらったとか、そういう思い入れのある器を使っていただいてほしい。高価でなくていいので。**専用のふきんで丁寧に拭いて、抹茶の粉を入れてお湯を注いで点てるという作業自体はすごく単純。急須もいらないし、抹茶は粉だから、飲めば何も残らず、お茶っ葉を始末する必要もない。言ってみればインスタントなんです。それでいて改まった気持ちになれるし、茶せん*を振ると自然に無になって、気持ちが落ち着きますよ。**

神木　飲むと気持ちが穏やかになって、波打っているものが自然となくなるから不思議です。

千　それはね、お茶は両手で器を包むことで、飲むことに集中できるからです。コーヒーや紅茶をそんなふうには、あまり飲みませんよね。

神木　確かに、何かをしながら片手で飲むことがほとんどです。

千　単なる喫茶と茶の湯文化の違いはまさにそこ。茶席に至るまでに様々なしかけやメッセージがあり、飲むことに集中するのがお茶なのです。

一体感を味わうための〝間〟とは？

神木　小さい頃から、お茶の面白さには気づいていらしたんですか？

千　さすがにそれはわかりませんでした。お稽古をさせられたこともほとんどないのですが、家族が集まると、とりあえずいただいたお菓子で抹茶を飲んだりして、日常の中にお茶が身近にあったのは事実です。茶室で改まって飲むばかりでなく、ポットのお湯で点てるような気軽な感じでしたけれども。

神木　そうなんですね。でも、今回の僕みたいに初めて会う人が客になるときって、イメージを膨らませてしつらえや道具を選ぶことが大事でしょうし、そのためにはやっぱりいろんな知識がないと難しいと思うんです。そういうことは、どのように身につけていったのですか？

千　あまり人に教えられたりはしなかったのだけど、僕自身、興味を持つととことんのめり込んでしまうタイプなんです。それこそ小さい頃は、仏像が好きだったりして……。だから、最初からちょっと変わった子ではあったのだけど（笑）。興味がお茶へシフトしたのは、中学2～3年くらいかな。ちょうど利休さんが亡くなって400年のときで、いろいろ行事が盛り上がった時期でした。こういう家に生まれたのでチャンスにはとても恵まれていましたし、興味を持ってどんどん吸収していくので、周りの大人も半ば面白がって付き合ってくれたんです。お茶会や展覧会に行っていろんな道具を見ると、そういえば家にも同じようなのがあったなと思って、蔵に入って見たりすることもできましたしね。

＊**茶せん**　茶碗に入れた抹茶と湯を混ぜるときに使う竹製の道具。濃茶も薄茶も茶せんを使う。

神木　僕も千さんと同じで、興味のあるものにはとことんのめり込んでしまうタイプです。

千　そうなんだ。何が好きなの？

神木　鉄道とか、車です。

千　いいねえ、鉄道！　仕事柄、全国あちこちに行くだろうから、それはかなり楽しいでしょうね。

神木　楽しいですね。同時に僕は音もすごく好きで、電車が好きになったきっかけもガタンガタンっていう音なんです。電車以外にも、例えばパソコンのキーボードを打っている音とか、車が砂利道をゆっくり走る音とか……。

千　その音は、僕も結構好き（笑）。

神木　僕にとっては耳からの情報がとても大事で、人と会話をしているときも、その方の発する声の強さやテンポが気になるんです。それでさっき茶室にいたとき、千さんのお茶を点てる音が本当に美しくて、心地よかったんですよね。

千　音は、僕もメリハリのひとつとしてとても意識しています。**お茶で重要なのは、間の取り方なんです。点前をしているとき、先ほどお話しした〝一体感〟を味わうためには、相手に自分の間を同調させていくことが大切。**例えば、ふくさ*を繰り返したたむのも、そうすることで間を取っている。大事な道具を清めるにあたって、布の縫い目を整えていくのですが、その動作に呼吸を合わせることでそこにいる人たちのリズムが合っていくわけ。音は、そのとき不可欠な要素です。

神木　お釜から立ち上る湯気の音も、とても気持ちよかったです。

千　茶室における通奏低音のようでいいですよね。お茶を飲み終わった頃に、あの音が消えているのに気がつきましたか？

神木　気がつきました！　お茶をいただく前はゴーッという低い音が響いていたのですが、いつの間にか消えていましたよね。

確かなものを見分けるコツはありますか？

神木　お茶の道具や掛け軸、お花など、ものを見る目を磨くために大切なことはなんですか？

千　とにかく数を見ることです。それといいものだけを見る。

神木　いいものを見るためには、どこへ行けばいいのでしょうか？

千　目利きになるための修行は、はるか昔から茶人の重要な条件でしたが、その点、今はとてもありがたい時代です。昔の人たちはようやくお目にかかることのできた器などを一生懸命観察して、釉薬《ゆうやく》がこの辺に何筋垂れていて……、というふうに紙に克明に記録したわけです。

神木　確かに、今みたいに写真を撮ることができませんしね。

千　しかも茶道具の名品は、大名家の蔵の奥深くに秘蔵されていたりして、誰もが見られるようなものではなかった。つてを辿ってようやく見せてもらえたとしても、床の間に恭しく飾られているものを、ひと間離れたところから見ていたかもしれない。ところが今は美術館へ行けば、ガラスケースがあるとはいえ、ワンコイン程度で間近で見ることができます。インターネットで有名な茶碗を検索すれば、写真がバーッと出てきます。とても恵まれてはいるけれど、情報としては薄まっているような気が、僕はいつもしてしまうんです。美術館で５００円払って見たものと、あらゆる手段を使ってよ

＊**ふくさ**　点前で使用する茶入や茶杓を清める際に用いる絹布。武者小路千家では男性は紫、女性は朱の無地のものを用いる。また、18ページで使用している柄物は〝出しふくさ〟といい、濃茶を飲む際に茶碗を載せたり、道具の拝見の際、下に敷くなどして用いる。

うやく遠くから拝むことのできたものの感動は、どちらが大きいんだろうって。

神木　ありがたみも、よく見ようとする意識も、全然違いそうですね。

千　今はそういう天下の名品を、美術館や博物館へ行けば誰でも見ることができますし、自分がそれなりに意識を持てば本や図版でいくらでも勉強できます。茶道具を扱っている美術商さんのところへ行くのもいいでしょう。最初は誰か知っている人に連れていってもらうことをおすすめしますが、ゴルフ好きのおじさんが若い人に教えたがるのと一緒で、仲良くなればいろいろ教えてくれるはずです（笑）。新しい人がそう頻繁に来るようなジャンルではないので、きっと喜ばれると思いますよ。

人をもてなすって、どういうことですか？

神木　今、〝おもてなし〟という言葉が流行っていますよね。

千　僕、その言葉の使われ方が嫌いなんです。

神木　えっ、どうしてですか？

千　お茶はおもてなしだと安易に言われることに、もともと抵抗を抱いていたのですが、最近はさらに言葉の意味が歪んでしまっているというか、「もてなし＝サービス」みたいになってしまっていますよね。でも、**もてなしというのは結果であって、お互いの振る舞いが前提になければいけないもの。招く側と招かれる側の振る舞いがお互いに一致したとき、「もてなし、もてなされる」という関係になるわけで、もてなしを受けるに足る資格があるかどうかが、招かれる側にも求められているんですよ。一方的にお金を落としたら返ってくるものは、もてなしとは言えないと思います。**本来のもてなしは、精神的にも技術的にも高度なやり取りが行われて、初めて成り立つものです。「亭主は客の心になりて、客は亭主の心になりて茶をいたせ」という古い言葉があるのですが、お互いの立場を慮《おもんぱか》ることが大事。そのうえで究極的なもてなしとは、自分で自分をもてなすことだと僕は常々思っています。

神木　他人ではなく、自分をもてなすのですか？

千　そうです。つまり、やっている自分が満足しているかどうかが大事なのです。なぜなら、自分を満足させられない人間が、他人を満足させられるわけがないじゃないですか。反対に相手のことをいくら慮っても、相手がどう思っているのか本当のところはわからない。それなら自分がされていいと思えることを人にもして、されて嫌なことは人にもするなっていうことですよね。

神木　僕の母も「自分を愛さないと、人を愛せない」とよく言っていますが、それと似ていますよね。

千　そうですね。基準は自分にしかありません。だけど、**自分を満足させるのは、実はとてもハードルの高いことです。自分だけは絶対にごまかしがきかないので。ですからもてなしというのは、相手を通して自分をもてなすことでもあるのです。**四畳半の空間でお互いをさらけ出すお茶は、自分に自信がないとできませんし、これほど自分がシンプルに出る場はなかなかないでしょう。

神木　お聞きすればするほど勉強になりますし、今までお茶に抱いていたイメージが、かなり変わりました。

千　ぜひ、これを機会にお茶に親しんでほしいと思います。また機会があれば、いつでも遊びに来てください。

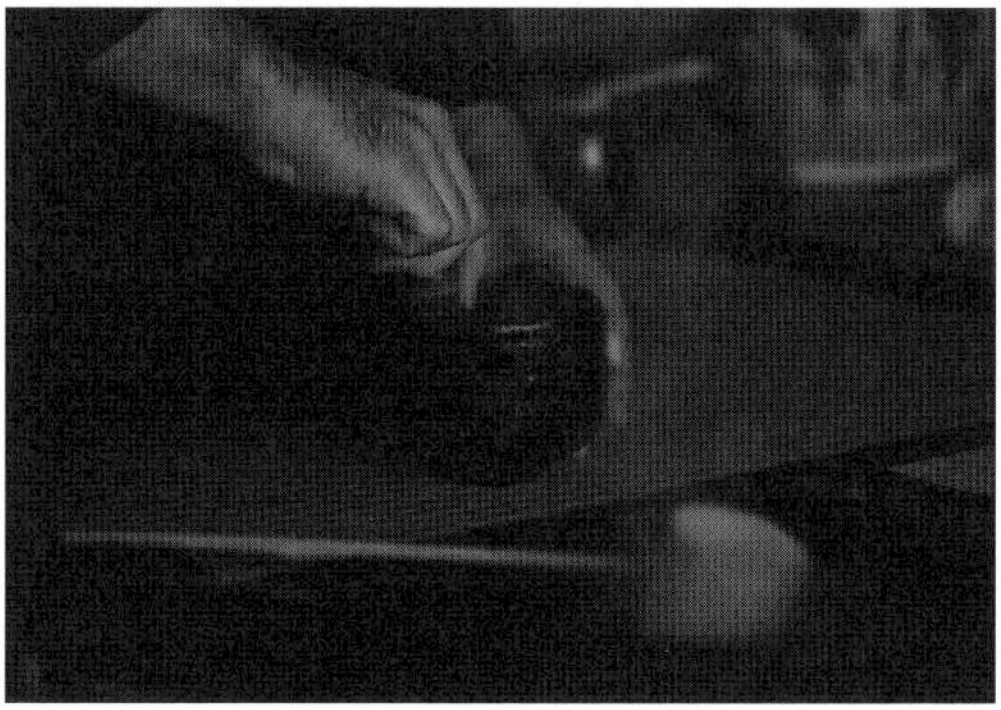

（上）茶室「重窓」の床の間にかけられた、千利休の手紙を掛け軸にしたもの。「全体をひとつの絵のように鑑賞してください」と千さん。

（右上）ベランダにしつらえられた現代的なつくばいで手と口を清め、お茶室への案内を待つ。

（右下）正式なお茶会で供される濃茶を特別に点てていただいた。

千利休さんの書いた手紙など、400年以上前のものに囲まれてお茶を飲むのは不思議な感覚でした。この器を歴史上の人物が使ったかもしれないと考えると、自分は今すごい場所にいるんだなあと。おもてなしの話も印象的でした。

自分がされてうれしいことは相手もうれしいかなというのは僕もよく考えますし、結局のところそこで判断するしかない。お互いを尊重し合う心づかいが、結果的にもてなしになるのだと実感できました。

ロボットにはこの先、何が求められますか？

ロボットクリエイター

高橋智隆さん

たかはし・ともたか●1975年、大阪生まれ。京都大学工学部1年生のときに二足歩行ロボットを開発し、卒業と同時にロボ・ガレージを設立、ロボットの設計・デザイン・製作を一貫して行っている。2004年にはアメリカのTIME誌にて「Coolest Inventions2004」、ポピュラーサイエンス誌「未来を変える33人」に選ばれている。現在は東京大学先端科学技術研究センター特任准教授、大阪電気通信大学客員教授、ヒューマンアカデミーロボット教室アドバイザーなどを兼任している。

各界の達人とお会いして、様々なお話をうかがうこのマスターズ・カフェ。
今回は東京大学構内にある高橋智隆さんの研究室を訪ね、
ロボット製作の舞台裏に迫ります。

高橋　ようこそお越しくださいました。早速ですけど、これ（写真下）がロビです。

神木　うわっ、かわいい！

高橋　『週刊ロビ』に付いてくるパーツを全部組み立てると、これと同じものができあがります。（ロビに向かって）こっちに来て。

ロビ　はいはーい、立ち上がるね。よっこいしょ（と、座っていたロビが立ち上がる）。

高橋　右向いて。

ロビ　オッケー！

高橋　自己紹介して。

ロビ　僕、ロビ。たくさんの部品を組み立ててもらったんだよ。お話ししながらいろんなことができるんだ。

高橋　何ができるの？

ロビ　時間を計ったり、サッカーしたり、旗上げゲームしたり、掃除したり、いろいろできるよ。

高橋　……とまあ、こんなやつです。

神木　スゴイ!!　僕も何か話していいですか。……いい天気だね。

ロビ　気持ちいいねえ、ウキウキ！

高橋　音声認識で反応するんです。

神木　なんだか本当に人と話しているみたいですね！

高橋　生きているように感じられる存在には、人は自然と話しかけたくなってしまうんですよね。（アップルの）スマホにもＳｉｒｉのような、こちらの質問に答えてくれるソフトがあるけれど、やっぱりまだ普段はそれほど使わない。一方で、いくら反応がなくても、家で飼っている金魚や亀、あるいはクマのぬいぐるみなんかには普通に話しかけてしまいません？　**擬人化できることが、コミュニケーションにおいて大事な要素なんじゃないかと思うんです。**

神木　確かに家に帰って、こんなふうに答えてもらえたら、寂しくないし、何より楽しいですよね。

高橋　一見、単なる暇つぶしだったり、寂しさを紛らわしているだけのように思えるかもしれないけど、実は大切なことですよね。**ひとりで旅をしているとき、ＦａｃｅｂｏｏｋとかＴｗｉｔｔｅｒで「絶景なう」と発信してしまうのは、別に自慢したいわけじゃなくて、感動を誰かと共有したいから。人の形をしたロボットであれば、体験の共有や共感ができるのです。**

良くも悪くも、尖ったものは面白い。

神木　ロボット作りの道に進もうと思ったきっかけは、何ですか？

高橋　漫画の『鉄腕アトム』を幼稚園のときに読んだのが、そもそものきっかけです。でも、その後、興味が移り変わって、釣りバカになったり、スキーバカになったり、車バカになったりしながら、結局ロボットに戻ってきました。

神木　ロボット以外のことにハマっていたときも、ものを作ることはお好きだったんですか？

高橋　釣りバカのときは木を削って自分でルアーを作ったり、スキーにハマっているときはトレーニング装置を作ったりしていました。作って満足して、あまり使わないタイプ。

神木　（笑）。ロボット製作は、何年くらいやっていらっしゃるんですか？

高橋　実は大学を2度出ていまして。1度目は文系の大学だったのですが、やっぱりロボットを作りたくて別の大学に入り直したんです。ロボットを作り始めたのはそれからなので、15年くらいかな。

神木　ひとつのロボットをゼロから作り始めて完成するまで、どのくらいの期間がかかるんでしょうか。例えばロビくんの場合は……。

高橋　ハードウェアで1年。その時点では、最低限の動きが入っているだけなので、そこから半年くらいかけてプログラミングしていきます。

神木　全部ひとりで作るんですか？

高橋　そうですね。大学を卒業したときにロボ・ガレージを設立したのですが、以来、誰も雇わず、ひとりでロボットを作り続けています。もちろんモーターはモーター屋さん、バッテリーはバッテリー屋さんから購入するわけですが。

神木　それでも1年半でできてしまうんですね。

高橋　だらだらやっていると、その間に当初のコンセプトが古くさくなってきたり、誰かが同じようなことをやる危険性もゼロではないので。さらにモーターやバッテリーなんかの技術はどんどん進んでいるので、開発中にもっと性能のいいものが出たりすると、設計自体を変えなければいけなくなる。だから、ある程度ササッと作ったほうがいいんです。

神木　なるほど。アイデアは、どんなときにひらめくんですか？

高橋　自分が作ったロボットへの反応を見て、「もうちょっと、こうやないとあかんな」と思うこともあるし、ほかの工業製品からひらめくことも。人とのコミュニケーションを通して、こんな要素をロボットに持たせたいと思ったりもします。

神木　工業製品、ですか。

高橋　車や時計、船とかかな。僕は極端なものが好きなんですよ。みんなの意見を取り入れて平均的なものを作ったら、一番売れるんだろうけど、なんというか……。

神木　当たり障りがなくなる？

高橋　ですね。人間にも同じことが言えるかも。誰に対しても優しくて非の打ち所のない人は、結婚向きかもしれないけれども、付き合っていても楽しくない、とかね（笑）。

神木　そうかもしれません（笑）。モノも人も色って大事ですよね。

高橋　良くも悪くも、尖ったものは面白い。多少の不便があったとしても、やっぱり作り手側として尖ったコンセプトに惹かれてしまいます。

神木　人の意見を聞くことは大事ですし、参考になったりもしますが、いろんな意見を取り入れすぎると、自分の色がなくなってしまう。そしたら別に自分がやらなくてもいいんじゃないかって思いますよね。僕も「この役は神木じゃないとダメだ」って言われるようになりたいし、代わりがいくらでもいるような役者にはなりたくないですし。

高橋　**個性がない人や物は、平均的な誰かや何かに置き換えられる。多少批判されるくらいの個性がないと、存在価値がなくなりますよね。**

神木　今後、もし批判を受けてヘコみそうになったら、高橋さんのその言葉を思い出したいと思います（笑）。

夢から覚めないような完璧な世界観を。

神木　さっきロビくんが立ち上がるとき、「よっこいしょ」と言っていましたけど、どうしてああいうふうにしたのですか？

高橋　演技のプロの神木さんにこんなことを言うのは気が引けるんだけど、無駄な動作を入れないと、どんどん味気ない、無機質な動きになっちゃうんです。人間って無意識のうちに、いろんな動作をしているじゃないですか。例えば手を振るときも、手だけ動かすというのはあり得なくて、肩や首なんかも揺れていたりする。反対の手も反動でぶらぶらしているかもしれない。片方の手だけ動かすと、工事中の道路で片側通行の指示をしている人形みたいなぎこちない動きになっちゃうんです。だから、自然に見せるためには、いらない要素をなるべくたくさん入れていく。「よっこいしょ」というセリフはそのひとつなんです。

神木　さっきロビくんが腕立て伏せをしてくれたときも、回を重ねると顔がぷるぷるしてましたもんね。すごくリアルでした。

高橋　あれも、わざと徐々に速度をゆっくりにしているんです。そういう細かいところで、なんとなく人間味を感じられるし、逆に一個でも失敗すると、パッと感情移入できなくなってしまう。**夢を見せるという意味では、僕のやっていることはディズニーランドと同じだと思っているんです。ディズニーランドは、アトラクションだけでなく、それこそポップコーンのスタンドまでディテールにこだわって、夢から覚めないような完璧な世界を作り上げていますよね。だから、みんなが没頭して、あ**

の世界観を楽しめる。もしも、園内を掃除している人の持っているほうきやちり取りが、その辺で売っている普通のデザインだったら、それだけで夢から覚めてアウトになってしまう。ロボットも一緒で、不自然に思うところは片っ端からつぶすようにしています。

神木　すごいなあ、妥協がないってことですね。

高橋　ロビは何もしていないときも、足が動いたり、目が光ったりして軽く揺れているんです。なぜかというと、ピタッと止まると不気味だから。だって、隣にいる人が完全に止まっていたら、怖くないですか？

神木　怖いですね（笑）。

高橋　**挨拶をするとか、ボールを蹴るとか、目的がある動作は作りやすい。一方で、ただ何もしていない〝間〟などをうまく表現するのが、実は一番難しいんです。**

神木　演技もそうですね。僕は、目の動きが一番難しいと思っています。リモコンを取るような何気ない動作にも性格が出るので、本番でそこまで細かい表現がない場合でも、役作りの段階であれこれ考えます。一見特徴のないような役でも、座り方や脚の組み方で性格を表現できるんじゃないかなと考えてみたり。

高橋　女性のしぐさも、些細なことで魅力的に見えたり、逆に残念だったりしますもんね。それを言ったら僕たちも、女性から同じように見られているんでしょうけど（笑）。

神木　些細なところに出ますよね。例えば生徒会長のような優等生タイプも、人を待っているときの何気ない立ち方ひとつで、優等生を〝演じている〟のかまでわかってしまう。無意識のしぐさが本性だと僕は思っているので、そういう些細なところで演技を印象づけたいんです。

長年いい関係を築いているパートナーのような存在に。

神木　今まで作ったロボットは、高橋さんにとってどんな存在ですか？　実の子供のような感じなのでしょうか。

高橋　いやそれが、普通の人が抱くほどの感情移入は、ないかもしれない。なぜかというと、ここに驚いてもらおうとか、愛着を持ってもらおうとか考えて作っているので、タネを知っている手品みたいな状態なんです。だから新鮮な感覚はないけれども、モノとしての愛着はあります。ひとりでロボットとしゃべったりはしないけど（笑）。役者の場合も、作品になってから観ると、演じていたときより冷静だったりしません？

神木　冷静ですね。「なるほど、このシーンはこんなふうに見えるんだ」っていうふうに、感情移入よりもひたすら分析してしまいます。

高橋　作品を観る人の反応なんかも気になりますしね。

神木　そうですね。デザインについてもお聞きしたいのですが、高橋さんの作るロボットって、エボルタくんもそうですけど、かっこいいというより、かわいい系ですよね。それはやっぱり、親近感を意識しているからですか？

高橋　それはあるかもしれない。とはいえ、ゆるキャラみたいにかわいすぎる感じにはしたくないし、一方でガンダムみたいにかっこよくしすぎたくもない。鉄腕アトムがロボット作りのきっかけだと話しましたが、手塚治虫さんの描くロボットのように、未来すぎず古すぎないちょうどよい感じで、なおかつ美しいデザインを目指しているんです。例えば、市販車ベースのレーシングカーってエアロパーツなんかをいっぱい付けて車高を下げると、どれもそれなりにかっこよく見えちゃうじゃないですか。だけどそれは、本来のデザインの美しさではないと思っていて。同じように、なんとなくごちゃさせて、かっこよく見せているものって世の中にたくさんあるんですよね。ベルサイユ宮殿とかサグラダ・ファミリアなんかも、ガンダムやレーシングカーと同じ。なんとなく荘厳でかっこよく見えるのは、宗教とか権力を示すという目的では意味があるんだろうけど、純粋にデザインとして美しいと思えないんです。対極にあるのがアップル製品で、そっちはどんどん削ぎ落として究極のシンプルを目指している。僕がロボットで表現したいのは、その中間。シンプルだけれど何かしらの味というか人間味があって、でも過度に装飾的でない感じです。

神木　なるほど、素晴らしいですね。だけど一番難しそうなところでもありますよね。ほんの少しの形や柄の違いで、印象が全然変わってしまいそうですし。

高橋　**僕が設計図なしでロボットを作るのも、コンピューターや数式で再現できない部分があるからなんです。手で削って作る木型の曲面は、数式にはしようがない。数学的な規則に基づいた形状と、そうでないものとのバランスが大事なんです。**

神木　将来的には、どんなロボットを作っていきたいですか？

高橋　イメージとしては、スマホに頭と手足がついたロボットです。

神木　おもしろそうですね！

高橋　『ゲゲゲの鬼太郎』の目玉おやじや『ピノキオ』のジミニー、『魔女の宅急便』のジジもそうですけど、ものしりのちっちゃいやつが主人公を助けてくれるパターンの物語って、古今東西たくさんありますよね。そもそも人間は、そういう存在が欲しいんやろうなと思うんです。彼らは力持ちなわけではないけれど、知恵を持っている。スマホのような、いわゆる情報端末なんですよ。つまり、目玉おやじは敵を倒してくれないけれども、敵の弱点を教えてくれる。「そこを攻撃するんじゃ！」みたいにね。

神木　「攻撃するのは僕か⁉」みたいに思ってしまいますけどね（笑）。

高橋　そうそう（笑）。僕が作ろうとしているロボットも、まさにそういう存在。そいつが直接、洗濯や掃除をしてくれるわけではないけれども、いろんなことを教えてくれたり、そいつの指令を受けて、ほかの機械が動いたりする。人と身の回りの機械、人と情報、あるいは人と人の間に入ってくれるインターフェースになればいいなと思っています。

神木　僕は一緒に散歩をして、道案内をしてくれるロボットが欲しいなと思っていたんです。なんとなく歩いていると、「ここは桜の名所なんだよ」みたいに教えてくれて、桜を見ながら「きれいだね」「そうだね」って会話ができるような。まさに、そんな感じのロボットですよね。

高橋　**雑談を繰り返していくなかで、いろんな情報を与えてくれて、それに伴ってあうんの呼吸で周囲の環境をコントロールしてくれる。長年いい関係を築いている、パートナーみたいになればいいですね。**

神木　自分ひとりで頭の中で考えているだけでは発展しないけれど、口に出すことで思いがけない答えが返ってきて、別のアイデアが浮かんだりすることって、日常でもよくありますよね。ロボット相手にそれができたら、絶対に楽しいと思います。ちなみに僕のイメージしているロボットは、カバンから顔を出しているくらいの大きさなのですが、高橋さんが目指しているのは……。

高橋　胸ポケットに入るくらいの大きさを目指しています。

神木　スゴイ！　楽しみです！

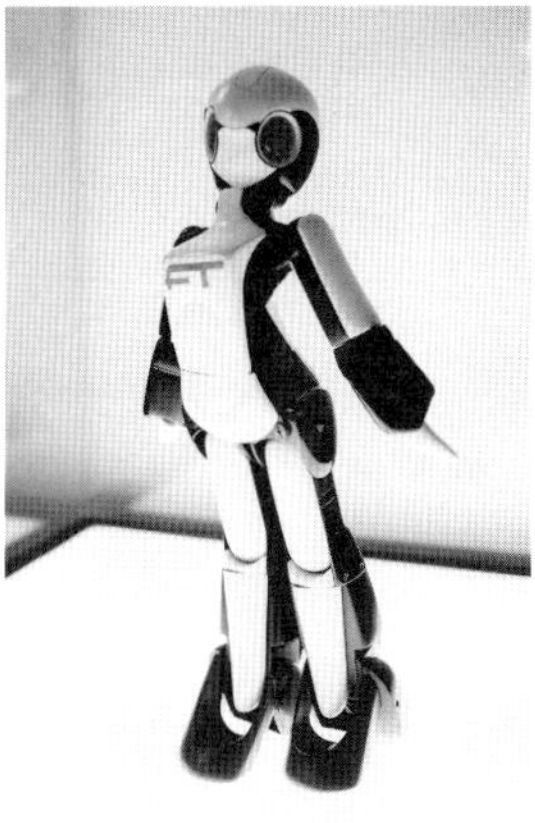

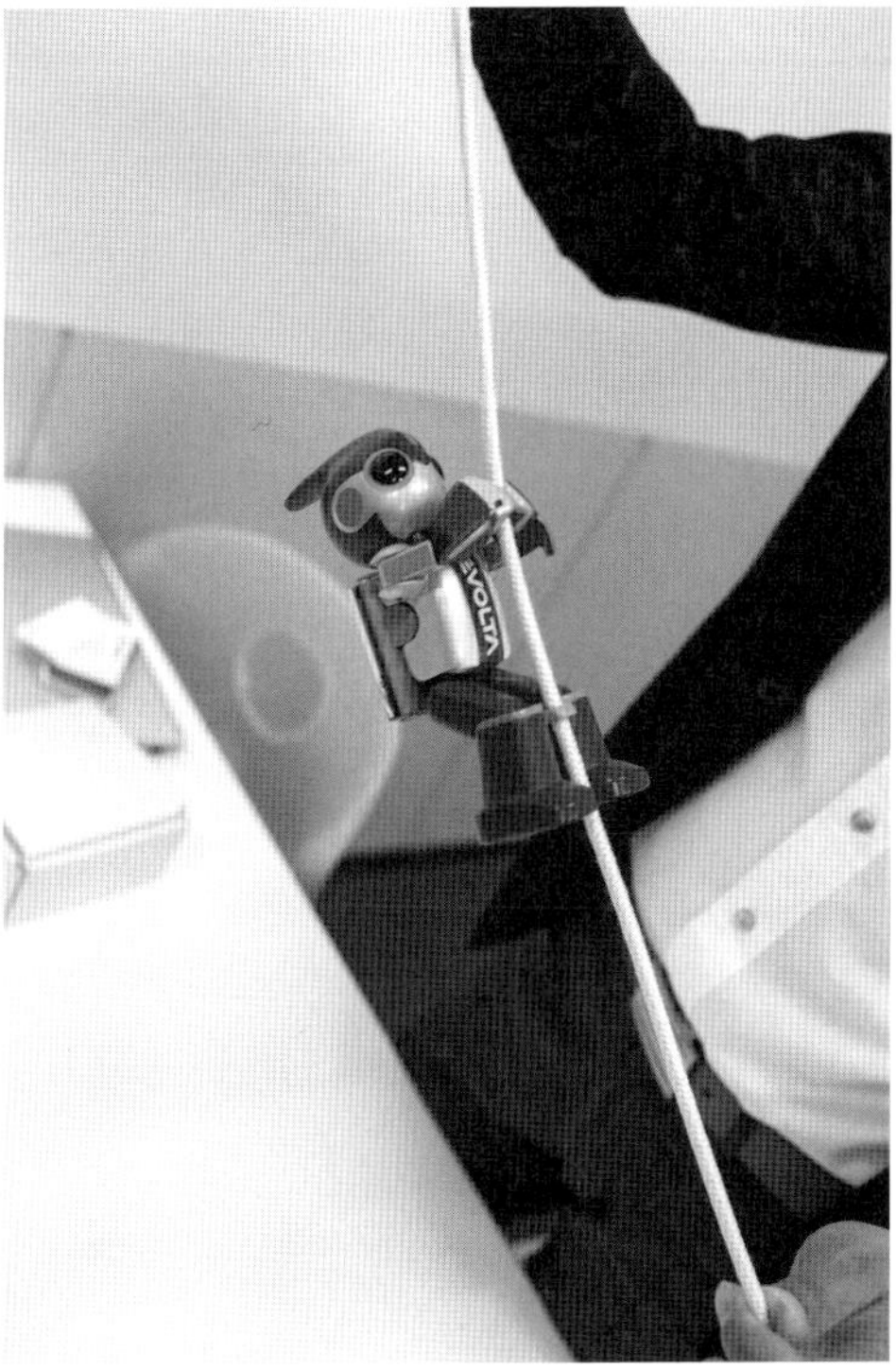

(上)貴重な女性ロボット・エフティ。胴の部分を細身にするため、バランスが難しかったという。

(右)エボルタは、同名の乾電池(パナソニック)の長持ち性能を実証するため、2008年に開発。アメリカのグランドキャニオンの断崖絶壁530mに張られたロープをよじ登り、6時間46分かけて登頂に成功。約17㎝の小さな体で、背中に2本の乾電池を背負い、健気にロープを登る姿がCMとして放送され、大きな話題になった。ル・マン24時間耐久走行や東海道五十三次の踏破、ハワイ島でのトライアスロンなどにも成功している。

実物のロビくんは、予想以上に小さくて、本当にかわいかった！　家にいたら、ずっと話しかけていると思います(笑)。

ロボットを作る場所って、最先端の機械が並ぶ工場みたいな空間を想像していたのですが、全然そんな感じじゃなくて、しかも設計図を書かなかったり、手で型を作るという工程にも驚きました。数学的な部分とそうでない部分が半々で、何事もバランスが大事なのだということを、お話を聞いて感じました。

天体は何を教えてくれますか？

天文学者、国立天文台副台長

渡部潤一さん

わたなべ・じゅんいち●1960年、福島県生まれ。東京大学理学部卒業。1994年、国立天文台広報普及室長になり、天文学の普及に貢献。一般向けの観望会や天文台の一般公開を実現した。国際天文学連合の惑星定義委員会の委員として、2006年に冥王星を準惑星に決めたメンバーの一人でもある。著書に『新しい太陽系』（新潮新書）、『夜空からはじまる天文学入門―素朴な疑問で開く宇宙のとびら』（DOJIN選書）、『面白いほど宇宙がわかる15の言の葉』（小学館101新書） などがある。

各界の達人とお会いして、様々なお話をうかがうこのマスターズ・カフェ。今回は、国立天文台を訪ね、渡部潤一先生に初対面！　施設の中も見せていただきました。

神木　案内してくださって、ありがとうございました。歴史のある建物ばかりで、気持ちが落ち着きました。

渡部　ここは、基礎科学を研究する場としては日本で一番古くて、１００年以上の歴史があるんですよ。

神木　そうなんですね。僕が星に興味を持ったのは、高校生のときなんです。ふと思い立って七夕に公園で夜空を見上げたら、アルタイル（彦星）が見えて。車の通りが減って夜が更けるごとにきれいに見えて、2〜3時間見入ってしまいました。先生が天文学者になられたのは、何がきっかけだったのですか？

渡部　僕が9歳のときに、アポロ11号が月面着陸したんですね。当時は、理科少年に選択肢はあまりなくて、夢中になるのは虫か星かアマチュア無線って相場が決まってたの。

神木　浦沢直樹さんの『20世紀少年』のような時代ですか？

渡部　そうそう。天文学に目覚めた直接のきっかけは、１９７２年のジャコビニ流星群なんです。雨アラレのように流れ星が降ると予測されて、日本中が空を見上げたんですが、実際には一つも出なかった。

神木　そうなんですか!?

渡部　みんながっかりしたんだけど、僕は「これは面白い！」と思ったんです。偉い先生方でもわからないことがあるのかと。もしかしたら、予想しない日に山ほど流れ星が出るかもしれないと、毎晩、空を見上げて、地球防衛軍みたいに観察し始めたんです。そして、謎を解明するために天文学者になろうと思った。

神木　すごいですね。

渡部　当時はインターネットがないから、本でしか知識を得る手段がなかったので、すぐわからないことにぶつかっちゃう。でも、それをひとつひとつ解明するのが面白かった。実は、ジャコビニ流星群が出なかった理由を6年前に解いたんですよ。天文学者になるきっかけとなった三十数年前の謎について自分の手で答えを出せたのには、感激しましたね。

神木　素晴らしいですね！　理由はなんだったんですか？

渡部　流れ星は、宇宙に漂う砂粒が地球の大気圏に入ってきて燃え、光ったものなんです。特にほうき星（彗星）が通った後はたくさん砂粒が散って川のようになり、そこに地球が突っ込むと大量の流れ星が降る。これが流星群。その〝川〟はずっと、太い一本の川と考えられていました。彗星の軌道は一定だろうと。ところが、実はその軌道が毎回違うルートであるとわかった。木星の引力が強いので、地球の半径分くらいは平気でずれる。つまり太い川ではなく、いくつもの細い川の集合体で、1972年のジャコビニ流星群はその細い川の間を地球がくぐり抜けてしまったんですね。この理論がわかってから、非常に正確に流星群の出現を予測できるようになりました。

神木　観られる時間帯まで、調べるとネットに出てきますよね。

渡部　でも、去年（2013年）のアイソン彗星も、「大彗星が来る！」と世界中の天文学者が観測態勢を敷いたのに、途中で消えちゃった。**宇宙にはまだまだわからないことが多いんです。失望して興**

味を失くす人が多いけれど、わからないことがまだあるってやっぱり面白いと思うんですよね。

神木　そんなふうに思えるって、やはり先生はすごいなあと思います。

渡部　だって、わかっていることだけじゃ、つまらないじゃない？　教科書だって、既にわかっていることだけが載っていて「覚えなさい」と言われても興味が湧かないでしょ。むしろ、「この先は未解決なんです」と書いてくれたら、みんな興味を持つと思うんだよね。ここで教科書批判しても仕方ないけれど（笑）。**地道に調べていって、謎がふっと解けた瞬間の喜びは、何物にも代え難いものなんですよ。**

神木　なるほど！　その後、先生は天文学者一筋だったんですか？

渡部　実は僕にはなりたいものが3つあって、それが天文学者と小説家と漫才師。

神木　漫才師！　もしかしたら『M‐1グランプリ』に出演されていたかもしれないんですね？

渡部　あはは。でも、漫才師は相方に恵まれなかったの。いまでも僕の講演会は笑いの連続で、科学講演なんだか落語なんだか（笑）。中身は一応あるんですよ。小説家は、渡辺淳一という同名のすごい先生がいらっしゃるので、とてもじゃないけどかないません。ならなくてほんとよかった。この間、ベトナムから「お前の本を訳したい」とメールが来て、俺も有名になったなあと、よくよく読んだら『Lost Paradise』……『失楽園』だった。英語表記だと同姓同名なんで勘違いされたんだね。

神木　そんなことがあったんですね（笑）。でも、ほかの2つは文系寄りの職業ですね。

渡部　国語や古典が大好きだったんです。いまも俳句や短歌を下手ながら詠みます。去年アイソン彗星が消えたとき、ＮＨＫのトップニュースで僕がＴｗｉｔｔｅｒで詠んだ短歌が流れてしまって、あれは恥ずかしかったなあ（「のぞき込む／画面に光る／筋雲に／思い到らぬ／未知の振る舞い」）。

天体観測の入り口は空を見上げるだけでいい。

神木　初心者は、星をどんなふうに楽しんだらいいのでしょうか？

渡部　**日本人の悪い癖で、皆、何かを始めるときにまず道具を揃えたり、周到に準備しようとするんだけど、最初は空を見上げるだけでいいんですよ。何もいらない。もうちょっと観たいと思ったら、双眼鏡や望遠鏡を用意したらいいし、写したくなったときにカメラを買えばいい。**

神木　天体写真用のカメラは高くて手が出せないので、僕は普通のカメラの光コントラストを上げて、シャッター速度を全部遅くして、冬場の屋上で震えながら数分間、手で固定して、オリオン座と月を撮ったことがあります。携帯のアプリを使えば、その方角に見える星の名前がわかるので、楽しいですよね。

渡部　携帯かあ。とても現代的な楽しみ方だね。昔は星座早見盤というのがあったんだけど、あれはわかりにくいですよね。あと、都会で星を観るのに大事なのは、目が暗闇に馴れるまで我慢すること。人の目って、暗いところから明るいところは数秒ですぐ馴れるんだけど（明順応）、逆の暗順応には時間がかかるんです。みんな部屋からパッと外に出て、見えないとすぐあきらめちゃう。でも、5〜10分、目を凝らしていると、だんだん見えてくるんです。

神木　夏は虫除けスプレーも必須ですね（笑）。僕が夜空が素敵だなと思うのは、昼間はなんというか、空という膜に覆われているようなイメージなのですが、夜になるとその膜が消えて、星と繋がって、地球が星々のひとつなんだと感じられるからなんです。星座も星によって奥行きがあって、何億光年も先の光が肉眼で見ても美しい。「自分は宇宙空間の中にいるんだ」と実感が持てるんです。

渡部　なかなかない感性ですねえ。大半の人は空を平面的に見ている。奥行きを感じられる方は少ないんですよ。

神木　10年ぐらい前に『あいくるしい』というドラマの天文台ロケで、初めて天体望遠鏡で土星を見せてもらったんです。教科書で見ていたものを、望遠鏡越しに実物として見たのは衝撃でした。非現実に感じるくらい、くっきりしていて、写真かと疑ったくらい。暗黒のなかに星が浮いていて、違う次元と繋がっているように感じました。先生は天文台の副台長のお仕事のほかに研究もされていますが、両立は大変じゃないですか？

渡部　土日をつぶさないと研究はできないですね。でも、僕くらいの年になると、若い人にアイデアを渡して、成果が出たらその人の研究として論文も書いてもらう。そんな役割になってきていますね。観測に行く時間もなかなかとれないし。

神木　もう若い人に譲るなんて、先生は心が広いんですね。

渡部　いや、僕も若い頃は研究者としてやりたかったんですよ。文章を書くことや話すのが好きだったので、当時の台長から広報・普及活動の仕事をするように言われていたんですが、ずっと断っていた。でも、あるとき地方から見学しに来た制服の高校生が守衛に追い返されているのを、たまたまうちの奥さんが見かけたんです。当時、国立天文台は一般公開していなかったんですね。その話を聞いて、台長のところに飛んでいって「広報やります」と申し出ました。国の税金で研究しているのだから、一般に還元する必要があるだろうと思って。研究者としては「貧乏くじ引いたな」と言われたこともあったけど、自分の能力を世に役立てるには、そのほうがいいだろうと判断しました。でも、天文台の一般公開の実現までに、実は6年かかったんですよ。

神木　そんなに！　大変だったんですね。今日、見学してとても楽しかったですし、「太陽系ウォーキング」も、惑星の大きさや惑星同士の距離が実感できる縮尺で展示されていて、とてもよくわかりました。数字で何万キロメートルと言われてもなかなかピンとこないので。ところで先生は、奥様とハレー彗星のツアーで出会われたそうですね？

渡部　なんでそんなこと知ってるの？（笑）　１９８６年のオーストラリアでハレー彗星見学ツアーのガイドをしていて、妻はその参加者だったんです。

神木　素敵な出会いですね。次のハレー彗星はいつ来るんですか？

渡部　僕はもう墓に入って星になっているけど、神木さんは大丈夫。２０６１年、この年は最高の条件がそろって、よく見えますよ！

神木　そのころ……68歳！

渡部　もっと近いところでいうと、観に行くなら皆既日食がおすすめです。僕は１９８８年に初めて観たんですが、はまっちゃって、もう8回。毎回、観に行っています。

神木　僕も一昨年、金環日食を観ました！　日食観察用の眼鏡をかけて写真も撮りました。

渡部　金環日食で感動した？　だったら、皆既日食を観たら泣きますよ。

神木　それほどですか！

渡部　天文現象であれほど感激するものはないですね。昔、ブルガリアで皆既日食のガイドをしたことがあって、そのとき新婚旅行でツアーに来ていたご夫婦がいたんです。明らかに奥さんはご主人の趣味につき合わされている様子だった。でも、参加者の中で一番感激して大泣きされたのが、その奥さんだったの。最後に「次はいつですか？」と僕に聞きに来て、旦那さんが慌ててたなあ（笑）。あの雰囲気は、映像ではなかなか伝わらないですね。だんだん暗くなって、気温も下がり、鳥が騒ぎだして……。

神木　世界が終わるような感じですか？

渡部　そうね……何とも言えない独特の感じなんですよね。２０１７年8月21日の皆既日食がいいですよ。アメリカで観られます。

神木　それはぜひ観てみたいです！　今日は特別に太陽観測所も見せていただきましたが、休みなしに毎日黒点の数やフレアの具合を観測されていて、本当に根気のいる仕事なんですね。太陽を観測する一番の目的は、何なのですか？

渡部　太陽も、黒点が増えて勢いのある元気なときと、そうじゃないときがあって、それが地球にどう影響するかはまだ研究途中なんです。**宇宙誕生から約137億年。でも、世界で天体観測を始めてからまだ1000年レベルで、氷河期と関連があるのかどうかすらわかっていない。今後の研究のため、記録を残すことが大事なんです。**

神木　なるほど……。ところで先生は宇宙に行ってみたいと思いますか？

渡部　そのときどきで行きたいと答えたり、行きたくないと言ったりしますが、生で星を見てみたいと思う半面、やはり事故率は高いから、躊躇するところはありますね。

神木　僕も見たいのですが、急上昇の重力に体が負けそうです（笑）。先生のお話を伺っていると、天文学って、距離にしろ時間にしろ、やはりスケールが全然違いますね。

宇宙規模で地球の問題を考える時代です。

渡部　もちろん天文学者だって、どっちのスーパーのアジの開きが何円安いかを気にしたりしますけど（笑）、それとは別に、時間スケール、空間スケールを大きな視点で捉えられる。それにはときどき助けられますよね。**「宇宙的視点」「宇宙的視座」と呼んでいるんですが、これからはそういう視点を持っていたほうがいいんじゃないかな。地球環境とかゴミ問題とか、行政区画には限界があって、国境を超えて協力し合わなくてはいけない時代ですから。世界には国内外でも争いがあって、まだ人類は文明として幼稚なんですよね。文明を持ち始めて、たかだか2000年。あと1000～2000年経てば成熟していくと思うんですけど。**

神木　1000年ですか！

渡部　技術も発達しているように見えるけれど、まだまだこんなものじゃないはず。人工光合成さえできない未熟文明なんです。1万年後の人たちは、福島の地面を調べて「ご先祖様、こんな未熟な技術で原子力作って、コントロールできなくなっていたんだな……」と思うはずなんですよ。いま僕らが登呂遺跡や三内丸山遺跡を見て思うように。僕ね、持論があるんだけど、将来、宇宙人がやってきてコンタクトをとることになったら、日本人が一番活躍できると思っているの。

神木　なぜですか？

渡部　こんなにフレキシブルで寛容な民族はいないでしょう。クリスマスの1週間後に神社に初詣で行くなんて、宗教的にみたら考えられないですよ。いいところをみな自分のものにして受け入れられる、やはり八百万《やおよろず》の神の国なんですね。もし、別の知的生物と交信することになったら、歴史も文化も進化の具合も価値観も全く異なるはず。なかなか理解し難いだろうけど、日本人なら受け入れられるんじゃないかと思います。

神木　そんな時代が来るかもしれないんですね。なんだかうれしいです！

（上）ゴーチェ子午環室に一緒に向かう。天文台は広大な敷地に緑があふれていた。

（下）国立天文台の中で一番古い第一赤道儀室にて、太陽の表面のスケッチ観測に挑戦！

漫才師を目指されたことがあったと言われるだけあって、渡部先生のお話はとても面白かったです。「たかだか1000年」など、スケールの大きな話も出てきて、人類も新しいところに向かっているんだなあ。いつか本当に宇宙人と交信できるのかもしれないと夢が膨らみました。もし出会えたら、「そちらの文明では、タイムマシンはありますか？」と質問してみたいです。案外、東京でも星は見えるので、天体好きの人が増えるとうれしいです。

どうやって物語を動かしていくのですか？

小説家
辻村深月さん

つじむら・みづき●1980年、山梨県生まれ。小学３年のときに小説を書き始め、2004年『冷たい校舎の時は止まる』（講談社）で第31回メフィスト賞を受賞してデビュー。『ツナグ』（新潮社）で第32回吉川英治文学新人賞、『鍵のない夢を見る』（文藝春秋）で第147回直木三十五賞を受賞。デビュー10周年を迎えた2014年には、『盲目的な恋と友情』（新潮社）、『ハケンアニメ！』（マガジンハウス）、『家族シアター』（講談社）の3冊が続けて刊行され、注目を集めた。近刊は『朝が来る』（文藝春秋）、『きのうの影踏み』（角川書店）。

各界の達人とお会いして、様々なお話をうかがうこのマスターズ・カフェ。
今回は、直木賞作家の辻村深月さんがマスター。
俳優にとっては〝物語の原作者〟という存在だったりもします。

辻村 以前、雑誌で私の著書『ツナグ』を紹介してくださっていましたよね。ありがとうございます。

神木 『ツナグ』、大好きなんです。実は僕も主人公を演じて、あのダッフルコートを着たかったくらい（笑）。

辻村 絶対、お似合いになると思います！

神木 僕の中に、ダッフルコートは子どもと大人の狭間というイメージがあるんです。『ツナグ』を読んだとき、ダッフルを着ている少年が人間の脆さや死と隣り合わせにいて、しかも、その少年は淡々とそれを見て何かを学んでいく感じがすごく儚《はかな》くて、美しい作品だなと思いました。

辻村 ありがとうございます。歩美のキャラクターは私にとっても最初は謎で、どんな子にしたらいいかなかなか決まらなかったんです。それで、これは初めての試みだったんですけど、ジュンヤワタナベのダッフルコートを着ているとしたらどういう子だろうって、服装を軸にキャラクターを作っていったんですよね。だから、そこに注目して読んでいただけたのは、とてもうれしいです。私は『るろうに剣心』が大好きで、神木さんが瀬田宗次郎を演じると知ったときは大興奮しました（笑）。『京都大火編』の大久保利通が暗殺される〝紀尾井坂の変〟のシーンは、原作を読み返していなくても一瞬で絵が蘇るような、素晴らしい演技でした。

神木 ありがとうございます。（書斎の本棚を見て）小説以外に、漫画もたくさん読んでいらっしゃるんですね。

辻村　そうですね。でも、私くらいの世代の小説家……だけでなく、映像の監督、ミュージシャン、漫画家もそうかもしれませんが、自分のいるジャンル以外からも影響を受けてきた〝雑食〟な方が多いと思います。私も、漫画やアニメ、映画、絵本、小説、音楽などからまんべんなく影響を受けているので、小説という場で物語を作るときも「こうでなければいけない」というこだわりが、いい意味でないんですよね。小説は紙とペンがあれば書けてしまうので一番身近だったこともあり、結果的に小説を選んだという感じなんです。絵心があれば、漫画家を目指していたかも（笑）。

登場人物たちも生きている。

神木　書きたい物語やテーマはどうやって見つけるんですか？

辻村　**面白い物語に出合うと、私もこんなことを書いてみたいと思うんです。といっても単純に真似をしたいわけではなく、例えば「こんなふうに胸がすく思いをしてもらいたい」というように、感動の種類を真似してみたくなるんです。**

神木　物語には、自分とまったく性格の違うキャラクターも当然出てきますよね。自分は絶対にやらないような言動を事細かに考えて書くのは、すごいことだと思います。

辻村　その辺りは俳優さんの作業と少し似ている気がします。俳優さんの場合、役の人物がどんな気持ちなのか、自分に引き寄せて考えると思うのですが、小説に出てくる人物も、年齢や性別、立場が自分と違ったとしても、どういう気持ちで動いているのかを考えてなりきって書くんです。なので、例えば怒っている場面だったら、私自身も自然と怒った表情になっていたり（笑）。

神木　書きながら、演じてもいらっしゃるんですね。

辻村　いろんな書き方があるとは思いますけどね。それと、私の小説では、人間関係や人生が勧善懲悪にはなかなかならないんです。仮に嫌いな人がいて、その人を懲らしめたいと思っても、生身の人はなかなかギャフンと言ってくれないし、こちらが勝ったと思ってもそう簡単に負けを認めてくれない。しかも、そんな人でも別の人たちからはとても好かれていたり、頼りにされているかもしれない。やっぱり人間は、いろんな面を持っているんですよね。物語に呼ばれたから、この人にはこういう行動をしてもらう、という書き方もあるとは思いますが、言ってみればそれは作者の都合でしかない。**私は、登場人物を作者の都合で動かしたくないんです。むしろ生きている人と同じように登場人物を扱いたい。そうやって書いていると、彼らの考えがだんだん見えてくるんです。**

主人公たちが連れていってくれる世界も。

神木　物語のラストは、どこまで決めて書いていらっしゃるんですか？

辻村　実を言うと大抵の場合、ラストを決めずに書き始めます。

神木　えっ、そうなんですか！

辻村　仏像で喩えると、仏師によって彫り方が全然違って、ひとのみずつ緻密に計算して彫る方もいれば、木の中に仏様が埋まっているはずだから、それを取り出すつもりでとりあえず彫り始める方もいるそうなんですね。小説でいうと私は後者のタイプ。『ぼくのメジャースプーン』という動物殺しがテーマの小説は、学校で飼っていた動物が殺されて、主人公の好きな女の子がショックで口がきけなくなってしまうのですが、法律上では動物殺しは単なる器物損壊にすぎない。犯人にどんな制裁を与えたら周りの気が済む償《つぐな》いになるのか、そもそも動物殺しの罪の重さはどれくらいなのか……答えがわからないことを深く考えてみたくて、ラストが見えないまま、とにかく書き始めてみたんです。

神木　それで、自分でも予期せぬラストが浮かんできたりしますか？

辻村　そうですね。**ラストがわからないまま書き進めて、主人公たちから教えてもらうようなこともあります。このことが書きたくてずっと書いてきたのかもしれない、と思える瞬間がやっぱりあるんです。**

神木　すごいなあ……。登場するキャラクターについては、どのくらい詰めてから書き始められるんですか？

辻村　これも漠然としている場合が多くて、メモもあまり取りません。というのも、この子はこういう子ですって型にはまった設定を作ってしまうと、実際に書き始めたときにそれ以上のことが出てこなくなってしまうから。リハーサルで力を使い果たしてしまう感じに似ているかも。

神木　実は、僕もあまり決めないで現場に臨むタイプです。そのぶん、役のキャラクターが日常生活に影響しやすくて、性格のきつい役だと日常でも言動がきつくなってしまったりします（笑）。たとえ役でも、自分がその人にならなければいけないと思っているので、普段から癖をつけておきたいんです。

辻村　癖、ですか？

神木　極端な例ですけど、相手に急にぶたれたり、泣かれたりなど、予想外のリアクションをされることもゼロではないので。「ありがとう」というセリフひとことでも、泣きながら言われるとイメージしていたら意外とさらっと言われたり、その逆だったりもする。演技は相手がいないと成立しないし、台本だけでは相手の出方がわからないので、反射的に対応できるよう普段から役の性格に似せていなくてはいけないと思っています。

辻村　とっさのときに素の部分が出てしまわないよう、ご自分を役にしてしまうということですか？

神木　そうなんです。

辻村　それはすごい！　面白いですね。そういえば今度、漫画『バクマン。』の実写版にご出演されるんですよね。原作ファンなので楽しみです。

神木　是非、楽しみにしていてください！　『バクマン。』も辻村さんの小説『ハケンアニメ！』も物語の制作現場が舞台ですよね。『ハケンアニメ！』というタイトルは初めて目にしたときどういう意味かと思ったのですが、読んで納得しました。

辻村　私はもともとアニメが大好きなのですが、その大好きな世界が、やたらと「アニメの制作現場ってブラック企業なんでしょ？」とか「アニメを仕事にしても食べられないんでしょ？」などとネガティブな側面のみ言われがちなのが嫌だったんです。小説を書くための取材をしていたとき、プロデューサーの方との話のなかで「ハケン（覇権）アニメ」という言葉があるのを知りました。フリーランスは安定しないという意味でのハケン（派遣）とダブルミーニングで行きたいと思い、このタイトルになりました。

神木　確かに制作現場は大変そうだけど、楽しそうですよね。

辻村　神木さんはアフレコの経験がおありだと思うのでご存じだと思うのですが、あんなに手間と時間のかかるものだとは知りませんでした。

神木　僕の場合は映画のアフレコだったので、比較的ゆっくりできたとは思います。でも『バクマン。』で漫画雑誌編集部の裏側を疑似体験し、僕たちが気軽に読んでいる漫画ができるまで、編集者の方がこんなに戦っているのだと初めて知りました。それ以来、漫画に対して軽々しく意見を言えなくなってしまいました（笑）。

辻村　その気持ち、わかります！

小説には〝リアル〟ではなく〝リアリティ〟を。

神木　『ハケンアニメ！』は監督やプロデューサー、アニメーターなどいろんな人が出てきますが、ドキュメンタリーみたいで、どこまで実在の人を投影しているのだろうと思いながら読ませていただきました。

辻村　主人公たちに特定のモデルはいないのですが、実在してもおかしくなさそうな人や出来事であることを心がけて書きました。**リアルそのままを書いても小説にはならなくて、小説に求められるのは、リアルの雰囲気をたくさん吸い込んだリアリティなんです。起こったことをそのまま書くのではなく、起こりそうなことを物語に閉じ込めるのが小説家の仕事だと思っています。**

神木　なるほど。リアルじゃなくて、リアリティなんですね。

辻村　アニメの現場と同じように、神木さんがお仕事をされている映画の現場もやっぱり集団作業ですよね。

神木　責任を渡していくという感覚はあります。役者は本番でよい演技をするのがすべてで、それが終わったら何もできない。あとは編集をお願いします、という感じなので。

辻村　自分で演じたものがどうなっているのか完成するまでわからないのは、新鮮な感覚なんでしょうね。そういう見方ができるのが、私などからすると、羨ましくもあります。

神木　ご自身の作品が原作の映画作品を観るのは、どんな感覚ですか？

辻村　やっぱり不思議な感じがします。映像化されるとき、こちらは脚本を確認するだけで、実際に演じる方々がどんなお芝居をし、どんな映像になっているのかは完成したものを観るまでわからないので。

神木　監督や俳優によって、演技も変わってきますよね。

辻村　そうなんです。叫んでいるつもりで書いていたセリフを、つぶやくように言っている、なんてことが結構あって新鮮です。だから小説を読む人たちも、私としては叫ばせたつもりだったけど、つぶやくように読んでいることも多いんだろうなって。**原作の映像化は、続編を見るような楽しさがありますね。原作にない部分でも、私が書いた子たちが、私の見ていないところで、こういうことをしていたんだろうなと思わせるシーンがあったりして。そういうシーンに出合うと少し悔しいというか、これが原作にあったらどれだけかっこよかっただろうって思います。**

神木　それについて、具体的に思い浮かぶ作品はありますか？

辻村　『太陽の坐る場所』という作品です。原作ではふたりの女の子のうちの片方の気持ちしか書けなかったのですが、映画ではもう片方の心情がより伝わるシーンをオリジナルでいくつか入れてくださっていて、私もこれを書きたかったと思いました。自分の原作が、そういう広がり方をしていくのはうれしいですね。

神木　僕は原作もののキャラクターを演じることも多いのですが、原作ものはそれぞれにイメージがあって、自分の読んだ印象がすべてではないので、監督と綿密に話をして作っていかなければいけない難しさがあります。だけど「原作のイメージ通りだね」と言われるのは、うれしい半面、悔しかったりもするんです。

辻村　どうしてですか？

神木　作品にハマるのはうれしいけれども、欲を言えばオリジナルな要素も入れたいので。だから自分が観客だったら、こうあってほしいと思う部分を入れたり、監督と話し合って原作では描かれていない部分を推測してプラスすることはよくあります。辻村さんは、逆に映像を撮ってみたいと思ったことはないですか？

辻村　それはないですね。頭の中に絵を作り上げるのが精いっぱい。けれど、これまでいくつか映像化していただきましたが、自分の頭の中とまったく同じ映像に出合える瞬間があって、そのときは、監督さんが私と同じものを見てくださっていたんだなという感謝の気持ちに震えてしまいます。自分の頭の中の映像と再会させてもらう感覚で、原作者冥利に尽きます。

神木　これから書いてみたいテーマはありますか？

辻村　２０１４年はデビュー10周年なのですが、10年前の自分は予想できなかったような本を3冊出版することができました。ですから次の10年も、今の私には思いもつかないようなものを書いているといいなと思っています。一度書いたテーマにも、この先、違う形で挑んでみたいですね。予想のつかないものが積み上がって、形に残っていくのが小説の楽しいところなので。

神木　ちなみに、僕であて書きをしていただけるなら……なんて、うかがってもいいですか？

辻村　神木さんは役としての振れ幅がとても広いので、今までの小説ならどの役をやっていただいてもうれしいです。だけど、「そうだ、このイメージは神木さんだ！」と思うようなキャラクターが、いつか現れるような気がします。そうなったら、勝手に妄想して書かせてください（笑）。

神木　楽しみです。僕もいつまでもダッフルが似合う人でいたいです（笑）。

辻村　大丈夫ですよ、きっと！

（上）「物語はコミュニケーションツールになる」という辻村さんの言葉通り、共通の好きな作品の話で盛り上がる。

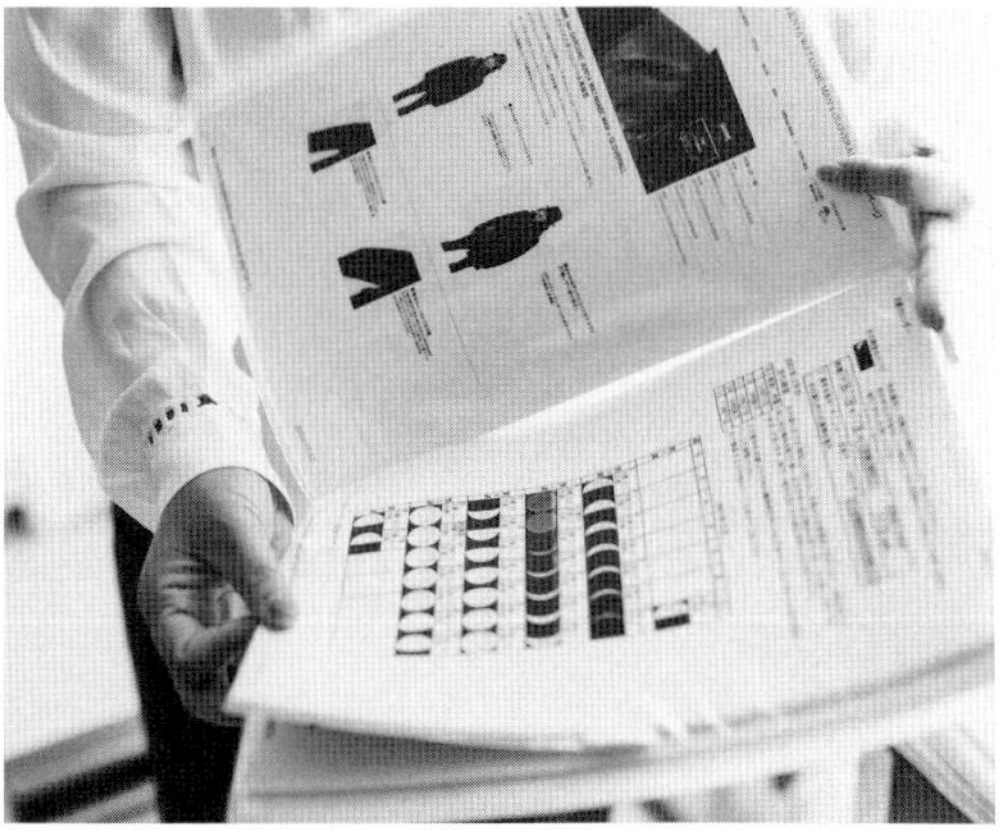

（下）『ツナグ』執筆時の資料。物語のモチーフとなるジュンヤワタナベのコートや月齢カレンダーの資料がファイリングされていた。

読みたいものをその都度、入れ替えているという本棚。ラインナップはまさに雑食！

お話が丁寧でわかりやすく、そこでまず文章を書く方はすごいと思いました。ラストを決めずに書き始めるのは意外でしたね。考えてみたいからとりあえず飛び込むって、とても覚悟のいることのはず。それだけ物語を作るのがお好きなんだと思います。

自分の考えたものが小説になって多くの人に読まれることで、自分も読者も成長できるのは素敵なサイクルだと思います。僕も物語を考えるのは好きだけど、絶対に真似できません（笑）。

文化を守るって、どういうことですか？

文化庁長官、考古学者
青柳正規さん

あおやぎ・まさのり●1944年、大連生まれ。東京大学文学部美術史学科卒業。イタリア・ナポリ近郊の古代ローマ遺跡ポンペイの研究で国際的に名高く、ポンペイ遺跡に現存する作品を中心とした美術書制作にも携わる。東京大学文学部教授、同大学副学長を経て、2005年には国立西洋美術館館長に。2013年7月、第21代文化庁長官に就任。『皇帝たちの都ローマ』『トリマルキオの饗宴』（共に中公新書）、『ポンペイの遺産』（小学館）など著書多数。

各界の達人とお会いして、様々なお話をうかがうこのマスターズ・カフェ。
今回は東京・霞が関の文化庁を初訪問、長官の青柳正規さんに
いろんな質問をぶつけてみます。

神木　文化庁、初めてうかがえてうれしいです。でも、実際どんなことをされているのか、詳しくは知らなくて……。今日はいろいろ教えていただきたいと思っています。

青柳　はい、よろしくお願いします。

神木　早速ですが、例えば古いお寺などでよく目にする「文化財」も、文化庁が関わっているんですよね。でもそれは、誰がどうやって決めているのですか。そもそも文化財って何なのでしょうか？

青柳　ひと言で言うのは難しいんですけれど、**文化財とは、現代に生きている人間が、過去からずっとつながってきた貴重なものを将来にわたって保存していこう、というものなんです。戦争や大震災などを経ても残ってきたものは、それぞれの時代でみんなが大切に守ろうという意志があったからこそ残っているわけですよね。それらを将来の世代にも引き継いでもらいたいから、今も大切にする。**それで、守るべきものとして文化財を指定するのですが、形あるものだけではなく、技術やお祭り、景観なども文化財と考えるので、非常に幅が広いんです。

神木　人が大事にしてきたものというのが、ある種の基準なのですね。

青柳　そうそう。だけど時代が変わると、その基準も変わってしまうことがある。例えば奈良の興福寺にある五重塔が、安く売りに出されそうになった時代もあるんですよ。

神木　えっ、本当ですか？

青柳　こうした歴史を踏まえて、**世間的な評価が変わったとしても、変わらない価値のあるものを大切にしていく、というのが文化財の考え方なんです。**

神木　ちなみに、世界遺産にも文化庁は関わっているんですか？

青柳　ええ。文化庁の記念物課という部署にある世界文化遺産室が、世界文化遺産に推薦する事務手続きなどを行っています。これとは別に、民族音楽や踊りなどの芸能、お祭り、儀式、伝統的な慣習などを対象にした無形文化遺産というのもあるのですが、我々は今、その候補として和紙の技術を推薦しています。

神木　和紙ですか？

青柳　そう。和紙は素晴らしいんですよ。江戸時代、お店には和紙で作った大福帳という帳面があって、誰が何をいくらで買ったかを書いておき、それをもとに月末に集金をしたわけです。でも当時は火事が多かったでしょ。大福帳が焼けちゃうと、お金を請求できなくなってしまうので、火事のときはこれを真っ先に井戸の中へ投げ入れちゃうの。そして火が消えたあとに井戸から出して乾かすと、和紙に墨で書いた字が、またきれいに読めるわけ。

神木　そうなんですね。和紙は水で漉《す》いて作るから、そもそも水に強いということですね。小学校の体験学習で作ったことがあって、完成品が後日届いたときに、すごくうれしかったのを覚えています。

青柳　それは良い体験をしましたね。和紙は海外でも使われているんですよ。例えばイタリアやフランスなどで、中世の壁画を修復するときに薄い和紙を表面に貼ったり、モロッコではコーランを修復する素材として喜ばれている。そういう意味では、文化財を守るためにも非常に役立っているのです。

神木　すごいですね！　和紙が海外でそんな使われ方をしているなんて、なんだか誇らしいです。

文化財は、日本という国の思い出のアルバム。

青柳　奈良の東大寺に正倉院がありますよね。あの建物は聖武天皇や光明皇后ゆかりの宝物がたくさん入っている、いわゆる木の倉庫です。不思議なんだけど、そこに宝物があることを誰もが知っているのに、番人を置くわけでもなく城壁を作るわけでもなく、それでもずっと守られてきた。ヨーロッパや中国だったら、途轍もない数の兵隊と防御壁がないと、１３００年近くも守ることなんて無理でしょう。そんな穏やかな国は日本だけですし、世界と違う特徴的なところといえるでしょうね。

神木　確かに、それは考えたことがありませんでした。だけど時代とともに守るものが増えてくると、国として管理するのも大変ですよね。

青柳　そうですね。ヨーロッパはギリシャ・ローマ時代から、一度造ったら何百年ももつような頑丈なものを造る石の文化です。だからギリシャのアテネにあるパルテノン神殿なんかも、完璧な姿ではないものの、今でもちゃんと残っている。ところが日本は伊勢神宮の式年遷宮がいい例ですが、時間が経つと新しいものにつくりかえる。普通なら前の経験を生かして、もっと丈夫で長もちするものを造ることを考えそうですが、日本はソフトを保存する循環型の文化なのです。そういう意味ではヨーロッパの石造文化のように、造ったら半永久的に残るのとはちょっと違う。とはいえ**日本でも古いものが年々増えているのは事実ですし、国宝や重要文化財が増えればそのぶんお金もかかります。それは、思い出の数だけアルバムが増えていく家族と一緒。我々日本人の思い出をアルバムとして少しずつ増やしていくと、お金もかかってしまうけれど、気持ちは豊かになるということです。**

神木　でも、なんだかうれしいですね。アルバムは、少ないよりも多いほうがいいと思います。

青柳　文化庁の仕事は、文化を守るだけではありません。例えばオーケストラの公演に１０００人のお客さんが来ても、入場料だけではやっていけないのが現状です。50人のオーケストラにして芸術を守るために、援助をしなければいけない。だから国として芸術を守るために、援助をしなければいけない。演劇やバレエ、能などの伝統芸能、そして映画も支援しています。

神木　実はとても身近なところで、お世話になっているんですね。

青柳　映画に関しては僕よりずっと詳しいでしょうけど、興行的に当たるいい作品がある一方で、興行的には厳しいけれども映画芸術としていいものを作りたい人たちもいる。そういう映画作りを支援するのも文化庁の役割。それから、小中学生に早くから芸術に接する機会を作るのも我々の仕事です。

神木　本当に幅広いんですね。

青柳　ただ、文化庁の今年度（２０１４年）の予算は１０３６億円ですが、お隣の韓国は１７００億円。韓国のＧＤＰは日本の４分の１強であることを考えると、日本の文化予算は本来、韓国の４倍あってもおかしくない。だから、かなり厳しいなかでやっているのは事実です（笑）。

神木　予算が限られているのに、あまりにも幅広いので、どこから手をつけるべきか難しそうです。

青柳　今、時代劇が作りにくくなってきているといわれていますよね。時代劇はかつら担当の人、着物担当の人、礼儀作法を教える人、殺陣を教える人などが集まって、チームで作るものですが、そういうチームがどんどん減っている。それに危機感を抱いて、時代劇を盛んにするために動いている人たちもたくさんいるのですが、今後は、国内だけなく世界をマーケットにして時代劇の面白さをアピールしていくことが、ますます必要になってくるでしょう。

神木　そのためのアイデアが大事になってきそうですね。

青柳　まさにその通りで、**今はアイデア勝負の時代です。たとえば10～20年前のハリウッド映画は、**

製作に何十億円もかければ世界的にヒットしていましたが、最近少し飽きられてきているでしょう？今まで以上に、お金よりもアイデアなんです。

神木　せっかくなので日本映画についてもお聞きしたいのですが、青柳さんから見て、日本映画の魅力はどんなところにあると思いますか？

青柳　日本の映画っていうのは、物語のなかで優しさが大きな位置を占めていると思うんです。目立ちにくい部分かもしれないけれども、優しさというテーマはだんだん世界で評価されるようになっていくと思います。俳優さんも一緒で、海外と比べると日本の俳優は、しぐさやしゃべり方や表情にも優しさがある。その辺をぜひ大切にしてほしいですね。

神木　いい意味で、派手じゃないっていうのはありますよね。いろいろな予算の映画があるなかで、低予算だからこそ濃厚な映画を作ることもできる。例えば爆破シーンがあるわけでもなく、おとなしいんだけれども、家族４人の物語のような濃密な思いが込められているとか……それもひとつの魅力なんじゃないかなって思います。だからこそ、演者としての動き方や作法は美しいものでなければいけないと思いますし、きちんと芯の通った演技をしなければいけない。リモコンを取るようなたったひとつの動きでも、日本映画は美しいねって言われるようになったらいいなと思います。

青柳　素晴らしいですね。

神木　でも、派手なものがたくさんあるなかで、派手じゃないものをアピールするのは難しい気もするのですが、そのためにはどんなことが大事だと思いますか？

青柳　クリエイティブなものというのは、つまり、人がやっていないことでしょう？　**周りの世界が派手ななかで、日本みたいに〝派手でないこと〟は、逆に目立つと思うんです。だから自分たちの特性をしっかり認識して、今おっしゃったようにひとつひとつのしぐさを意識すれば、それがだんだん**

特徴的なものになって注目を浴びる可能性があると僕は思います。その典型が、日本の伝統工芸。同じものを同じスタイルで作り続けている、世界ではほかに例のないものとして最近大変注目されつつあるんです。自分たちが前から持っていること、やりやすいことを素直に出していけば、それが個性として創造性のある表現につながっていくと思いますね。

若いときの経験は、将来きっと何かに役立ちます。

神木　青柳さんが20、21歳のときは、どんなことに夢中になっていたんですか？

青柳　僕は文学部だったんだけど、教員免許もなかったし、唯一持っていたのが運転免許でね（笑）。就活してもいい会社には行けっこないと思って、研究者の道を選んだの。

神木　なぜ、ギリシャ・ローマの美術を研究しようと思われたのでしょうか？

青柳　大学2年生の頃は、ルネッサンス美術をやりたかったんです。ルネッサンスっていうのは、再生、つまり再び生まれるという意味で、古代ギリシャ・ローマのおおらかさや人間らしさを、当時のガチガチだったキリスト教世界にもう一回再現しようとした運動だったのね。それでルネッサンスを研究するには、まず古代を知っておかなくてはと思って勉強し始めたら、そっちのほうが面白くなってしまったんです。当時の日本では未開拓の研究分野だったので、本場に行って勉強するしかないと思い、イタリアへ留学しました。

神木　すごいですね。日本人としてその世界へ飛び込むのは、想像するだけで大変な気がします。

青柳　こっちは辞書を引きながらしか読めないようなラテン語を、向こうの学生は寝っ転がって読んでいるからね（笑）。これは大変だなと最初は思いましたよ。イタリアに留学していたのは3年なんだけど、その後、発掘をやりだして、毎年、半年近くは向こうにいました。

神木 好きなことを仕事にして続けることの難しさはありましたか？

青柳 もちろん。特に僕なんかは、発掘を通して自分の研究を続けたかったので、とにかく資金が必要だった。文部省（現・文部科学省）の持っている研究費を獲得するのが、一番難しいけれど効率的だったので、そのために本当に努力しました。もらった研究費の総額では、文系の研究者としては日本では圧倒的に僕が一番でしょうね（笑）。

神木 どんな努力をされたのですか？

青柳 自分のやりたいことをほかの人にもわかるように、書類にきっちりまとめること。それからお金をもらってやったことを、きちんと報告書にするとか、結果を出すことです。**奇をてらったり、かっこつけたりせず、当たり前のことを積み重ねることが重要じゃないかな。**でも、いっぱい失敗もしましたよ。今はいいところばっかり言ってるだけで（笑）。

神木 （笑）。20代のときにやっておいてよかったと、今だから思えることってありますか？

青柳 大学4年のとき、僕は山岳部だったんだけど、親に反対されて海外遠征に行けなかったのね。それで、資金集めを手伝ったんです。そしたらその経験が、10年くらい経ってから発掘の資金集めをするときに役立った。**若いときの経験は、将来何に役立つかわからないから、いろんなことをしておくといいですよ。その時どきで、自分はこうなりたいからこれをやるんだっていう戦略的な生き方も必要だけど、一方で、30歳くらいまではいろんな経験をしておくことが大切だと思います。**

神木 やってみたいと思ったことは、とりあえずやってみる。

青柳 そうそう、本当にそうです。

神木 はい。やりたいこと、たくさん浮かびます。頑張ります！

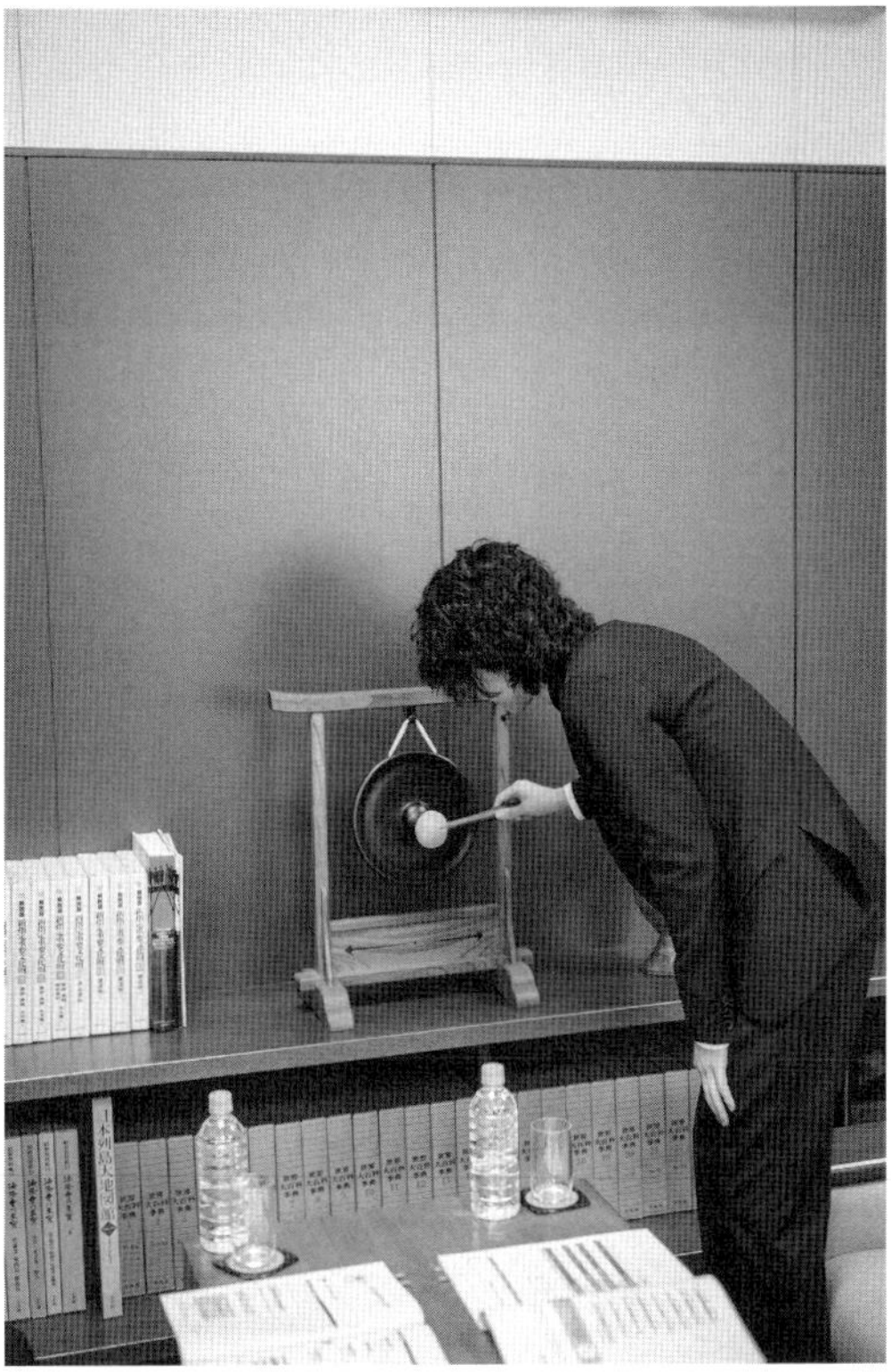

（右）長官室にある人間国宝・魚住為楽さんの制作した銅鑼《ドラ》は、青柳さんお気に入りの私物。鳴らしてみると、とても柔らかい音がした。

「文化庁長官室は日本文化のショールーム」と考える青柳さん。打ち合わせスペースの椅子も日本人デザイナーによるもの。

文化庁は普段、ニュースなどでしか名前を聞かない場所だと思っていましたが、僕たちの生活のいろんな部分にかかわっていることを知って、親近感が持てました。日本映画を盛り上げてくださろうとしていることも、とてもうれしかったです。「文化を守る」というと、難しいことのように思ってしまいますが、例えば神社の前を通ったらお参りをしてみたり、お手玉やけん玉で遊んでみるだけでも、意識が変わるような気がします。

面白く話すコツはありますか？

落語家
柳家権太楼さん

やなぎや・ごんたろう●1947年、東京都生まれ。明治学院大学卒業後、柳家つばめに入門。前座名は「柳家ほたる」。1974年9月に師匠が他界したため、大師匠にあたる柳家小さん門下になる。1975年11月、二ツ目に昇進して「柳家さん光」と改名。真打昇進試験が導入されていた当時、異例の抜擢試験を受け、18人抜きをして1982年9月に真打昇進。三代目柳家権太楼を襲名。現代の落語界を代表する爆笑派として知られ、若い女性ファンも多い。

各界の達人とお会いして、様々なお話をうかがうこのマスターズ・カフェ。
今回のマスターは、人気落語家の柳家権太楼さん。
すっかりその話術に魅了されてしまいました。

神木　実は先日、この「新宿末廣亭」を初めて訪ねて、大笑いして帰ったんです。そのとき、寄席自体も初めてだったのですが、生で落語を聴いて楽しかったのと同時に、落語家さんたちを尊敬せずにはいられませんでした。僕も、舞台挨拶などで人前で話す機会はあるのですが、面白くしたいなと思いつつ、なかなかうまくいかないんです（笑）。落語家さんは、たったひと言ぽつんと言うだけで、こんなに人を笑わせて、楽しませることができるんだって、感動してしまいました。

権太楼　そう感じていただけるとうれしゅうございます。最近は、政治家もよく寄席にいらしてるんですよ。街頭演説で、どうすれば人の心を一瞬でつかめるかを勉強するために。

神木　たしかにそれは勉強になりそうですね。権太楼師匠が初めて落語を生で聴いたのは、いつ頃ですか？

権太楼　小学5年生のとき、おふくろに末廣亭に連れてきてもらったのが最初だね。そのとき、「すごいや！」と思っちゃったの。

神木　子どもながらに、どんなところがすごかったのでしょうか？

権太楼　私たちの時代って、テレビがなかったんですよ。情報を得るのは、ラジオと本ぐらいなもん。だから、ラジオドラマなんかを聴きながら、全部自分で空想をするんです。落語はその空想を生でできたから、余計入り込んでいったんでしょうね。それ以来、家に帰ったら番組表をチェックして、ラジオにしがみついて落語を聴いてましたね。周りの子どもたちはみんな、背番号3（長嶋茂雄選手）に憧れていたけれど、私のヒーローは立川談志や三遊亭圓生だった。そのうち中学生くらいから、ひとりで寄席に通いだしてね。それも親の金をくすねて、行ってたねえ（笑）。自分で働いて木戸銭（寄席の入場料）を稼ごうなんて意思はないのですよ。くすねればなんとかなると思ってました。

芸の悩みがつらくては、やっていけない世界です。

神木　その当時から、落語家になりたいと思っていたのですか？

権太楼　子どもって、いっぺん聴いただけですぐに覚えちゃうんですよ。

神木　わかります。好きなことは、なぜかすぐに覚えられますよね。

権太楼　落語は誰でもできるもんだと思ってたから、小学生のときから友だちの前でやってたの。すると「面白えな、次は何をやってくれるの？」ってなるから、どんどん覚えてね。その頃から「落語家になる」とは決めてましたね。私の家は、兄貴たちが大学に行ってたから、一応私も行ったけど。

神木　それは、親御さんを納得させるためにですか？

権太楼　いや、親御さんはね、なるようになれって人だったので（笑）。おふくろが芸事好きで、私も小さい頃から踊りを習わされてましたし、兄弟でひとりくらい道楽者がいてもいいかって感じだったんでしょうね。今はあまり関係ないけど、落語の世界に入門するときは、まず「長男かい？」って聞かれるんです。長男とひとり息子は入門が認められないの。要するに、あなたの家からひとりくらい半端もんが出てもいいのね？　って世界なんですよ、落語は。それでも飛び込んでくる人はいるけどね。

神木　飛び込んだら、長男でも受け入れてもらえるのでしょうか？

権太楼　入門するときは、必ず親を呼んでこなきゃいけないんです。そこで「親は反対してます」と言う人は、「失礼ですけど帰ってください」と言います。世の中で一番の味方であるはずの親を説得できないやつが、人様の前で口で商売するつもりかよってことなんです。

神木　確かにとても筋が通っていますね。前座時代は、やっぱりつらかったですか？

権太楼　大学を卒業してから入門して、6年近くは師匠の家の掃除と、子どものお守りでした。だけどそれが当たり前と思って入ってるから。ただね、夏に師匠の家の格子を拭いてるでしょ。そうすると腕の辺りが痒くて痛いの。なんだろうと思ったら、汗疹《あせも》だった。それから冬に水で雑巾がけをしてると、あかぎれができるの。私はね、いいところの坊ちゃんだったから、そういうことをしたことがなかったの（笑）。それくらいかな、つらかったことといえば。**下働きも、お金がないのも、当たり前の世界だったからね。つらくて我慢できなければ、足を洗えばいいだけなんです。うちの世界は刑務所じゃありませんからね**（笑）。

神木　自分の意思で入ったわけですもんね。

権太楼　**このネタが難しいとか、うまくできないっていうのは芸の悩みだから、苦しみなんて全然ない。一日中悩んで、寝てるときもふっと起きて考える。これは才能を持った人間の楽しみなの。**だけど、明日のおまんまをどうやって食べるか算段したり、スポンサーと会わなきゃいけないけど話がねえんだよなあ、なんていうのは〝芸〟ではなく、〝芸道〟の悩みなんです。芸の悩みがつらい人はこの世界にいるべきじゃないけど、芸道の苦労は私らみたいな稼業にはつきものですよね。あとね、落語の世界は上の言うことが、すべて正しいんです。

神木　仮に間違っていてもですか？

権太楼　はい、だいたい間違ってます。
神木　そうなんですね（笑）。
権太楼　でも上が言った以上、それが正しくなる。落語のネタでもあるんですけどね。白いものを見て「黒だよね？」と上が言ったら、周りが「黒ですね」と答えるの。
神木　「白じゃないですか」と言ったら、どうなるんですか？
権太楼　「君はお辞めなさい」となるだけ。簡単なことなんですよ。
神木　師匠は、絶対的な存在なんですね。落語家さんは、普段、どういうふうに稽古をしているのですか。
権太楼　稽古は、基本的に一対一です。教えてくださいっていう人と、教えてやるよっていう人がいて、教える側の都合に合わせて教えてもらう人が出向くわけです。今はその場で録音をさせてもらって覚えるんだけど、きちんと覚えたらその人の前で披露して、いいよと言われたら、人前でやってもいいことになる。これが基本のルールなんだけど、「俺の前でやる前に、脇でやってこい」って人もいる。脇っていうのは、寄席みたいな正式なところではなく、少人数のプライベートな場所のこと。だから全部がマニュアル通りじゃなくてもいいんです。どっかでズルしたり脱線しても、最終的に戻ってくればいいのがこの世界。こういうのを私らは、〝どがちゃがの楽しみ〟って言うんですけどね。途中でどがちゃがどがちゃがやっていても、最後が合えばいいっていうね。
神木　（笑）。僕も役のセリフを覚えなければいけないのですが、ひとつの役が終わったら、覚えたセリフは基本的に忘れて、次の役のセリフを覚えます。でも落語家さんは、いくつもネタを並行して覚えてらっしゃるんですよね。どうしたらあんなにたくさんのお話を覚えていられるのか、すごく興味があります。

権太楼　まず体に染みこませて、おまんま食うみたいに自然に出てくるようにするの。そこまでは稽古です。といっても、稽古しかないんだけどね。ずーっと稽古。その方法は落語家によって違うけど、私の場合は、歩きながらやるのがひとつ。まず録音させてもらったものを、台本みたいにダーッと書き出すの。それを見ながらぶつぶつしゃべって、ある程度頭に入ったと思ったら、見ないでやる。電車の中だろうと、家に帰る道だろうと、ずっとぶつぶつしゃべってる。そうすると思い出せない部分が出てくる。家に帰ってノートを見て、またやり直す。これは、まだまだ骨を作っている段階です。ちゃんと覚えたら書き出したものを捨てて、さらにやる。そして今度は落語に出てくる人たちを本当の生き物にするために、呼吸を変えて話す。これが肉付けの段階です。そうこうしてるうちに、その人たちが勝手に動き出すんです。

神木　すごいですね……。

権太楼　私らには演出家も監督もいないから、全部自分で演じて、自分でもそれを〝見る〟わけですよ。ふたりの会話なんかも、間の取り方や目線の置き方でどれだけ仲がいいのか、そこまで計算しているんです。

神木　そうですよね。ほんのちょっとの間の取り方の違いで、関係性が変わってきそうな気がします。

権太楼　落語をやるやつにはよく、セリフをしゃべるなよって言うんです。落語はね、感情なんです。役者には常に相手がいて、ひとりの人物になりきるわけじゃないですか。でも落語の場合は、ひとりになりきるわけにはいかなくて、目線を変えた瞬間に違う人にならなければいけない。「食べるかい？」「いただきますよ」「まぁまぁ食べて」っていう会話を、相手の言葉を待つようにセリフで言ってしまったらダメなんです。

神木　セリフじゃなくて、会話をしなさいということですか？

権太楼　そう。感情の会話ってあるでしょ。それが一番大切なの。極端に言うと、目で全部しゃべって、口が取り次ぎになることもあるんです。

神木　セリフを言わないっていうところは、とても共感できます。言わなければいけないことはもちろんありますが、セリフとしてではなく、会話として言うっていうのはお芝居と似ている気がします。だけど、それを何役もやってしまうのがすごいです。

権太楼　私も一度映画に出させてもらって気づいたんだけど、役者さんのお芝居はある意味、ト書き（脚本のセリフの間に、登場人物の動きや場面の状況、演出などを書いたもの）なんですよね。

神木　そうかもしれません。

権太楼　今はこういうシチュエーションなんですよっていう説明が必ず入っていて、音響さん、カメラさん、監督さんがそれぞれの立場で、俳優さんを動かしていくっていうものじゃないですか。

神木　そうですね。ト書きによってみんなの共通認識を作るというか。

権太楼　落語はそれがなんにもなくて、突然場面がすこーんと変わったりするわけ。その変化にお客さんがついてきてくれるだけなんです。

神木　はい。聴いているだけなのに、場面が変わるのがわかってしまうところがすごいと思いました。

権太楼　それをわかるだけの知識が、皆さんの中にあるからですよ。

人前で面白く話すコツはありますか？

神木　寄席って、佇まいも含めて素敵なところですよね。初めて来たのに面白い親戚の人の話を聴いているような、安心感というか親近感がありました。

権太楼　うれしいですねえ。寄席は入っちゃうと大したことないやって思うけど、なかなか入りにくい世界だと思いません？　私も初めてひとりで入ろうとしたとき、ストリップに行くのと同じくらい度胸がいりましたから。映画館は子どもでも入れたけど、昔の寄席はさらに入りにくくてねえ。大人の世界だったんです。

神木　そういう場所が、昔はもっとたくさんあったんですよね。落語を行う場所として、寄席ならではの魅力ってありますか？

権太楼　私が日々、一番楽しんでるってことですよ。**ウケてやろうなんて気持ちは、今の私にはあんまりない。勝ってばかりじゃしょうがないし、負ける日もあるからいいんです。ほかの落語家はどうかわからないけど、私は負けてるときもうれしいんです。**このお客さんたち、もう一生ここに来ないかもしれないなって（笑）。

神木　師匠みたいな方でも、負けることってあるんですか？

権太楼　そうなの。実を言うと、それがないのよね（笑）。

神木　そうですよね（笑）。

権太楼　でも、ほんとはあるんだよ。寝られないくらい悔しいこともあるんです。でも、一日寝ちゃえば忘れちゃう。そんなの引きずってたら、落語なんかできやしないですよ。

マンネリはいつしか芸になる！

神木　落語がこの先、どういうふうになっていけばいいと思いますか？

権太楼　このままでいいと思ってます。高望みをしちゃいけないし、悲観することもない。なすがままでです。**だって大衆芸能ですから。お祭りが毎年あるように、大きな社会の中のワンクッションとして寄席という世界があって、そこで落語をやっているやつがいるっていう、それで十分ですよ。今のまんまくらいで生き続けてくれればいいですね。**

神木　よろしければ、最後にお願いがありまして……。時々、舞台挨拶というものをするのですが、僕としては、せっかく観に来てくださった方たちに、ちょっとでも満足して帰ってもらいたいんです。そのためにはどうしたらいいのか、最近よく考えていて。挨拶をきちんとすればいいとは思うんですけど、できれば印象に残るようなひと言を言えたらいいなと思っているので、面白く話すコツというか、ヒントを教えていただけないでしょうか。

権太楼　ええっとね、今度また寄席に来たら、面白いと思ったフレーズをメモしてみてください。それを繰り返し練習するの。要するに、全部覚えようとするから難しいのであって、ひと言だけでいいんです。

神木　なるほど、ひと言ですか。

権太楼　そのほうがインパクトがありますから。

神木　覚えておきます！

権太楼　**もし同じ人が来たとしても、また同じネタをやればいいんです。落語というか、話術っていうのはそういうもんですから。こいつが来てるから違うこと言わなきゃって考える必要はないんです。**

神木　それがいつしか定番になっていくわけですね。

権太楼　マンネリは、芸ですからね。

(上)東京都内にある4軒の寄席のうち、新宿三丁目にあるのが新宿末廣亭。落語を中心に、漫才や手品などの公演がほぼ毎日行われている。

(右)舞台袖にある楽屋で、開演前や終演時に太鼓を叩くのも前座の仕事。ということで、少し前座の真似事をさせてもらい、パチリ。

舞台に上がらせていただき、あそこにたったひとりで座るのは相当の度胸が必要だと思いました。自分が好きで入った世界なのだからつらさは感じない、と言っていたのが潔くてかっこよかったです。僕もそうですが、いろんな仕事をしている人に言えることかもしれません。

とても優しい方でしたが、厳しさと覚悟が言葉の端々に感じられて、でも厳しいからこそあんなにすごいことができるんだろうな、とお話しして実感しました。

服には、どんな力がありますか？

ファッションデザイナー
森永邦彦さん

もりなが・くにひこ●1980年、東京都生まれ。早稲田大学社会科学部、バンタンデザイン研究所卒業。19歳の頃より服を作り始め、2000年から「ANREALAGE」として活動を開始、2003年にブランドを設立した。2005年より東京コレクションに参加。2011年に原宿に直営店をオープン。同年に個展「A REAL UN REAL AGE」を開催。2013年に金沢21世紀美術館にて展覧会を開催。2014年パリコレクションに出場した。

各界の達人とお会いして、様々なお話をうかがうこのマスターズ・カフェ。
今回は「アンリアレイジ」デザイナー・森永邦彦さんを訪ねました。
ファッションって、奥が深い――

神木　森永さんには、『NEXT WORLD 私たちの未来』（NHK総合）の衣装デザインを担当していただき、お世話になりました。その節は、ありがとうございました。初めてアトリエにうかがいましたが、ギャラリーのよう……。そもそも、どういうきっかけでファッションに携わりたいと思われたのですか？

森永　実は洋服を作る気は全くなかったんですよ。「自分の世界は自分の内にあればいい」と、表現を表に出すのも苦手だった。だから、普通に大学受験するつもりで代々木ゼミナールに通っていたんです。予備校って、講師が授業と関係ない話を10分くらいすることがあるんですけど、あるとき先生が、現役大学生が作った服を持ってきた。その大学生デザイナーは、洋服一点一点にタイトルをつけているという話もしてくれて。

神木　一点一点にですか？　アート作品みたいですね。

森永　それを作ったのが神田恵介という人で、いまは「keisuke kanda」というブランドをやっています。当時、僕は17歳で、まだ何者にもなっていない21歳の神田さんに憧れてしまって、弟子になりたいと思った。そして、同じ大学の同じ学部、同じサークルにはいったんです（笑）。

神木　それはすごい出会いですね。ちなみにそのとき見たのは、どんな服だったんですか？

森永　「About a girl」というタイトルで、一人の好きな女の子のことだけを考えて作ったワンピースでした。

神木　素敵ですね。

森永　神田さんも僕も当時作っていたのは一点モノでしたが、いまやりたいと思っているのは、多くの人が袖を通す服。たくさんの人が着れば可能性も広がる。ブランドの作品性を残しながら、多く流通させる、ギリギリのところを攻めたいと思っています。

環境によって見え方が変わる服があってもいい。

森永　これは「アンリアレイジ」で2013年の秋冬シーズンに発表した「COLOR」というテーマのもので、色を持たない服なんですが……（小さなライトで照らすと、白いカーディガンにみるみる色が浮かび上がる）。

神木　うわっ。すごい！（感嘆のあまり立ち上がる）

森永　すごくいい反応をしてくれますね（笑）。この服は紫外線に反応していて、室内では真っ白、外に出て外光を浴びるとカラフルに変わるんですよ。**いま、業界では毎年、流行色が作られて、色でさえ消費されている時代でしょう。そこに全く違うアプローチができないかと思い、作ってみました。**

神木　これはどういう仕組みで色が出てくるんですか？

森永　紫外線に、「クロミック」という物質が反応しているんです。透明な物質だけれど太陽光にあたると発色する。最近、消すことができるボールペンがありますよね。あれはインク自体が消えてなくなっているのではなく、摩擦熱で見えなくなっているんです。だから、冷蔵庫に入れたり、ドライヤーをあてるとまた文字が浮き上がる。

神木　全然知りませんでした。

森永　この技術を洋服に応用できないかなと思って、インクを作っている会社に問い合わせてみたんです。そうしたら、熱ではなく紫外線で色が変わるインクに出合えた。

神木　この服を着る人はヒーローになれますよ！

森永　そうですね。全然面白くない人でも、笑いをとれたりとか（笑）。

神木　服の表情が変わって、自由な感じがすごくいいです。感動しました。これはもう買えるんですか？

森永　はい。3万6000円です。

神木　え、安すぎます……！

森永　僕もそう思います（笑）。

神木　研究費もかかっていますし、もっと高いのかと思っていました。

森永　実はこの「COLOR」は2年前のコレクションのテーマで、その当時はもう少し高かったんです。技術研究も実験を繰り返したし、半年間のシーズン内でそれを回収するのは難しかった。販売期間を延長することでコストをおさえられるし、多くの人に着てもらえるのなら、シーズン以降も着られるラインを出してもいいんじゃないかと、作り続けてみました。

神木　そうなんですね。

森永　ただ、このインクは実は500時間しかもたないんです。500時間以降は、直接日光にあたっても発色せず、白のまま。**洋服はずっと変わらないものと一般的には思われているけれど、消耗されるからこその価値ってある気がするし、有限だからこそ大事にしてもらえるかもしれないとも思うんです。**

神木　「残り20時間」と言われたら、いつどこに着ていこうか、真剣に考えますよね。そういえば、さっきお店を見せていただいたら、体温を測るサーモグラフィー（2014年秋冬「SEASON」にモチーフとして使用）がありました。サーモグラフィーをファッションに絡めるという発想がすごいです。理系っぽいですよね。

森永　僕は文系なんですけどね（笑）。いろんなものに温度があるなと、ふと気になってサーモグラフィーカメラを買いました。洋服は春夏と秋冬でシーズンが変わりますが、いまどきは一日の間でも気温差が激しいし、季節を分割するのは昔の考え方だなあと。暖かく見える素材なのに、着てみたら冷たい感触になるとか、既成概念を壊せたら面白いと思って。

神木　なるほど。

森永　そういうふうに、**洋服を通して日常の見え方が変わったり、新たな価値が生まれるようなことをやってみたいんですよね。**

日常＝当たり前のことを超えたところに可能性がある。

神木　ブランド名はどんな由来なのですか？

森永　「アンリアレイジ」は、非日常（アンリアル）、日常（リアル）、時代（エイジ）を組み合わせた造語。当たり前に思う日常のなかで、みんなが見過ごしてしまうものを拾い上げた瞬間、僕はドキッとするんです。いままでにないところに価値を見つけたいと、21歳のときにつけました。それは、自分の生き方の根本のテーマにもなっています。

神木　僕、いま21歳なんです。すごいですね。ルールを壊すということで言うと、僕も学生のとき、そんなことを考えていました。学校でも暗黙のルールやヒエラルキーみたいなものがあって、居心地悪くても、あきらめて無難に過ごそうとする空気があった気がします。僕はそれが嫌で、校則違反にならない範囲でもっと暴れ回ってみようと思っていました。普段しゃべらない人たちにわざと会話を振ってみたり、先生と楽しそうに話している姿を見せたり。神木が楽しめるなら、自分も楽しめるんじゃないかと思ってもらえたらいいなと。

森永　熱いですね！

神木　守るべきものは守るけど、不必要なものは壊していきたい。周りから「あいつに先越された」と思われたいんです（笑）。人がやっていないことをやったり、着ていないものを着てみたい。高1くらいまでは、皆と違うことをすると浮く感じもありましたが、高2以降になると、大人になるんでしょうね。最初にやったほうがかっこいいというふうになるんですよね。

森永　ファッションも同じですね。異端なものに光をあててくれる土壌がある。家庭科の授業では、先生に教えられた通りに縫わないと怒られてしまうけれど。僕は、言われた通りにやろうとすると逆に外れていってしまうタイプ（笑）。でも、**ファッションの世界では「COLOR」でもサーモグラフィーでも、外れれば外れるほど光があたる。みんなと同質化すると埋もれるという逆転構造があって、その自由なところがすごく楽しいと思います。**

神木　毎回どんなところからデザインを発想されるんですか？

森永　ファッションと違うところに着眼して取り入れることが多いですね。とはいえ、そうポンポン思いつくものでもないので、まあ、神頼みですかね（笑）。「○△□《まるさんかくしかく》」というシリーズ*では、世界中だれの身体にも合わない形の服に可能性はないだろうかと思って、作ってみたんですよ。

神木　完璧な球体や立方体ですね。

森永　普通、洋服は誰かの身体に合わせて作るけれど、逆から発想したら人が着たときのズレやゆがみが面白く見えるんじゃないかと思った。みかんの皮をむいているときにこれはパターンになるなと思って。みかんは球体だけれど、皮をむくと平面になるんですよね。

神木　なるほど、面白い発想ですね。

森永　**洋服がきっかけになって、なにかが変わる瞬間を作りたいというのがあるんです。一日のうち十何時間も着る。服はその人の生活の一部を担っていますから。**

神木　洋服の及ぼす影響は大きいと思います。人とのコミュニケーションでも、「その服いいね。どこで買ったの？」というところから関係を縮めることもできますしね。

森永　さすが本質をついた意見ですね。**その人がどんな本が好きで、どんな音楽が好きかは、外見からはわからないけれど、洋服は剥き出しなので、その人を表すんです。**

神木　俳優をやっていても、衣装はすごく大事なんです。どんな洋服を着ているかが、そのキャラクターを形作ります。チェックなのか、黒っぽい服なのか。映画『るろうに剣心』で殺陣の練習をしても、ジャージーだといまいち感覚がつかめず、僕自身がどこかに残っているんです。でも、衣装を着るとパチンとその役になりきれる。実は僕、中1までは服に全く興味がなかったんです。

森永　そうなんですか。

神木　ドラマ『探偵学園Q』で山田（涼介）くんと共演してからですね。彼は同じ年なのですが、着ている服がかっこいいんですよ。それを見て、僕に似合う似合わないは別として、いろんなものを着てみたいと思いました。ところで、森永さんは洋服を作る前はどんな服を着ていたんですか？

森永　高校が私服で、裏原ブームだったので、アンダーカバーとか、ヴィヴィアン・ウエストウッド

＊○△□というシリーズ　2009年春夏に発表したシリーズ。球体、三角錐、立方体に合わせて形づくったシャツやトレンチコート、カットソーは、一見、突拍子もなく見えるが、ボディに着せると意外になじむ。

とか、ネメスとかを着ていました。

神木　めちゃくちゃおしゃれな高校生じゃないですか。

森永　好きなデザイナーはコム デ ギャルソンの川久保玲さん。思想も含めて惹かれる人が好きですね。**どんなに安い服でも、そこには思想があると思うんですよ。なにも考えないで服は作れないから。**思想と感覚がリンクする服が好きですね。

神木　そうなんですね。僕は洋服を見るのも選ぶのも好きなのですが、いまだに好みがふらふらしていて、その日の気分で全く違うスタイルになってしまうんです。持っている服がバラバラなので買い物が大変です（笑）。

森永　洋服はいろいろ着てみないとわからないですからね。

神木　その日選ぶ服で聴く音楽も変わっていってしまうんです。

森永　面白いですね。その日その日で世界の見え方も全然変わっているんでしょうね。

普段の生活で洋服から伝えられることがある。

神木　デザイナーってすごく影響力のあるお仕事ですよね。

森永　ファッションの伝わり方は様々あると思っていて、東京コレクション、パリコレクションのように、モデルに着せてブランドの世界観をアピールしてイメージを発信するもの。ただ、それは限られた人にしか届かない。もうひとつは、いろんな人が実際に着ることを通して、気づいてもらえることがある。たとえば、**電車に乗っていて、すごくかっこいい服を着た人が同じ車両に乗ってきたら、それだけでがらりと世界の見え方が変わる。それだけで移動の10分間がワクワクしたものになると僕**

は思うんですね。洋服の与える影響はたくさんの可能性を秘めていると思います。

神木　確かにそうですね。ところで、基本的なことをうかがってもいいですか。ファッションの枠組みを外すことをなさっているように感じるのですが、あえてパリコレに出すのはなぜですか？

森永　パリコレはファッションの王道だと思うんです。服を作る者にとっては憧れがあり、いつかそこで勝負してみたいと思いました。世界に発信できる場ですしね。ファッションの枠組みを外れて新しいことがやりたいという気持ちと、それをファッションの王道、ど真ん中でやりたいという気持ちは僕の中では相反しません。ものすごく緊張しましたが。

神木　実際に行かないとわからない雰囲気だとは聞いたことがあります。

森永　そうですね。尺度もいろいろありますからね。文化的にどれくらい成り立つか、経済的効果はどのくらいなのかとか。半年間かけて一生懸命作ったものも、コレクションで見てもらえるのはたった10分ですからね（笑）。

神木　パリコレ、いつか見てみたいです！　ところで、洋服はこの先、10年後、20年後にどうなっていくと思いますか？

森永　どうなるんでしょうね？　ベースは人のからだなので、いまと全く違うものになることはないと思います。洋服で心拍を測れるようになったり、体温を測ったり、そういう側面で飛躍はあるかもしれません。

神木　音楽を聴くことができたりもしますか？

森永　それ、以前作りましたよ（笑）。

神木　もうあるんですか？　すごいですね。

森永　ライダースジャケットからクラシックが流れて、クラシックな服からパンクが流れる。「見る」

服ではなく、音がなる布でできた「聴く」服です。

神木　さすが先を行っていますね！

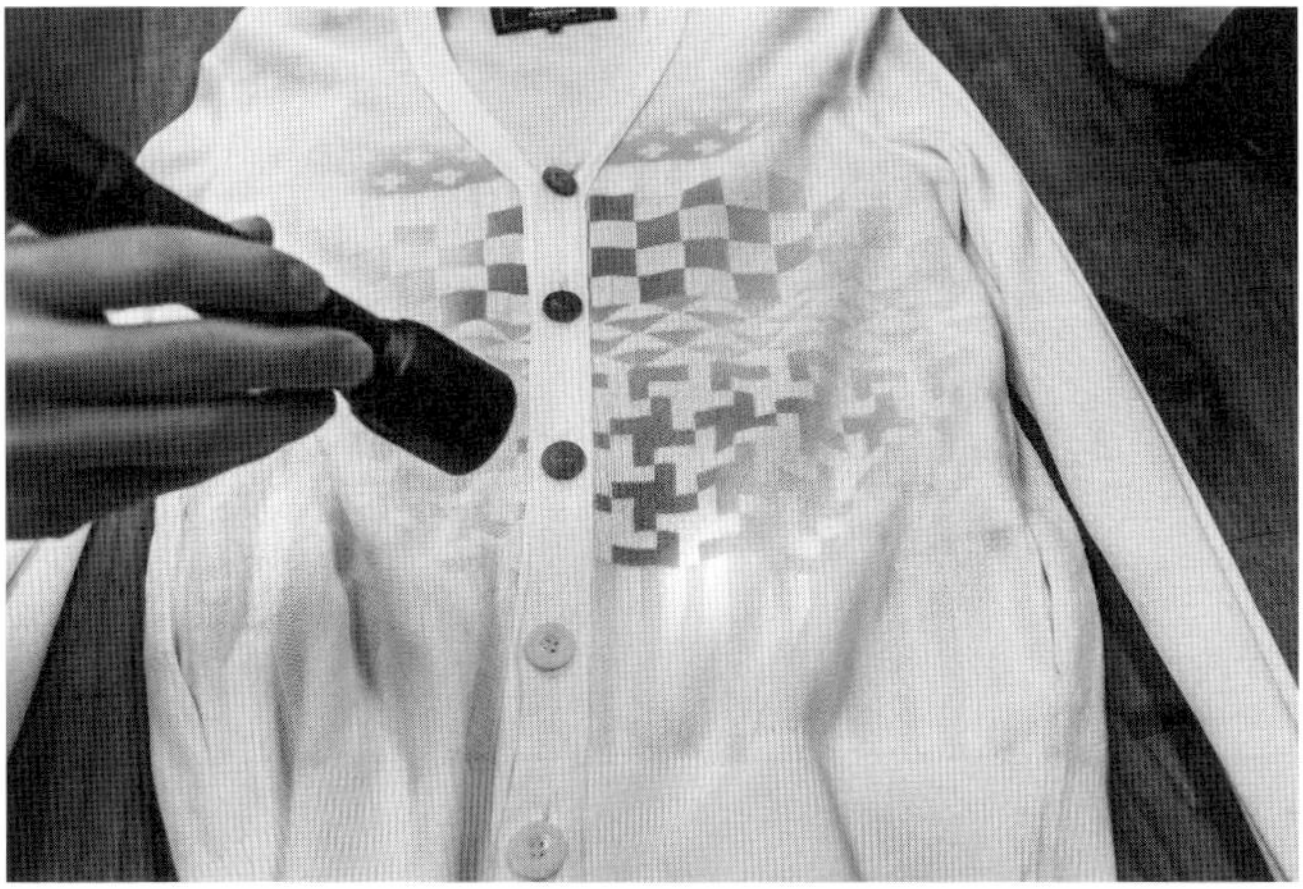

（上）紫外線を当てると、魔法のように白い布地から色が浮かび上がる。「COLOR」シリーズ変色実演中。

（右）森永さんはデザインをPC内で起こす。これはデザインモチーフを描いたもの。

色の変わる服にはめちゃくちゃ感動しました。洋服を見るのも選ぶのも大好きなので、一歩先を行くデザイナー、森永さんのお話にとても刺激を受けました。誰も着ていないものを着るとか、誰も作らないものを作るとか、新しいことを始めるのって、すごく勇気がいると思うんです。でも、そこにチャレンジされている姿を見て、自分も一歩踏み込めるかもしれないという勇気を、僕自身ももらえました。素敵なデザインを本当にありがとうございました。

考え方次第で、人は変われますか？

哲学者
岸見一郎さん

きしみ・いちろう●1956年、京都生まれ。専門（西洋古代哲学、特にプラトン哲学）と並行して、1989年よりアドラー心理学を研究。アドラー心理学や古代哲学に関する執筆・講演のほか、精神科医院などで多くのカウンセリングを行う。訳書にアルフレッド・アドラーの『個人心理学講義』『人はなぜ神経症になるのか』（共にアルテ）など、著書に『アドラー心理学入門』（ベストセラーズ）など多数。2013年末に出版した古賀史健氏との共著『嫌われる勇気 自己啓発の源流「アドラー」の教え』（ダイヤモンド社）がベストセラーになっている。

各界の達人とお会いして、様々なお話をうかがうこのマスターズ・カフェ。
今回は、日本におけるアドラー心理学の第一人者・岸見一郎さんがお相手です。

神木　先生の著書『嫌われる勇気』を読ませていただき、アドラー心理学のことを初めて知りました。もともと僕、心理学が大好きなんです。心理学科で勉強したいと思っていたこともあるくらいで、「人はこんなときどういうことを考えるんだろう」とあれこれ想像してみたり、人間観察をするのが好きなんです。

岸見　そうなんですね。心理学は哲学の一分野なのですよ。僕が哲学を志したのは小学3年生のとき。まあ、当時はまだ哲学という学問があることも知らなかったのですが、その頃、人の死について初めて疑問を抱いたんです。

神木　きっかけはあったのですか？

岸見　祖母と祖父、生まれて間もない弟が1年間で立て続けに亡くなり、死というものの存在を否応なく知ってしまったのです。今こうやって感じているいろんなことが、死んだら全部消えてしまうってどういうことなのだろう？　自分が生きたことすら忘れてしまうのは怖いと思ったんですよね。ところが周りの大人たちは、人の死に直面しても時が経てば平気な顔をして笑っている。それが不思議で、死とは何かを子ども心に研究しようと思ったのです。

神木　それは強烈な体験ですね。

岸見　神木さんは、子どもの頃に病気をされたそうですね。

神木　はい。僕の記憶にはまったくないのですが、小学生のときに親から聞いて知りました。生まれて間もなく原因不明の病気にかかってしまい、生存率１％と言われたそうです。だけど奇跡的に助けていただいて。

岸見　子どもが病気で大変な目に遭うと、親の対応が真っ二つに分かれますよね。過剰に心配して甘やかされたりはしませんでしたか？

神木　そうではなかったです。守られていたとは思いますが、やっていけないことは、なぜダメなのかをきちんと説明してくれる両親でした。そのうえで「それでもやりたいのなら」という感じだったので、ダメと言われたことは全部納得していた気がします。

岸見　それはアドラーの考え方と相通じるものがあります。自分の行動を自分で選択させる教育。子どもにしたら、うまくいかなかったときに誰のせいにもできないので、ある意味厳しいですよね。

神木　そうかもしれません。

岸見　神木さんが年齢よりもはるかに早熟な印象を受けるのは、幼いときからそういうふうに考えてきたからなのかもしれませんね。

トラウマは現在の自分に対する言い訳にすぎない。

岸見　子どもの頃から芸能界で仕事をしてきて、周りの大人たちはどんな対応だったのでしょう？

神木　小学校低学年くらいまでは母が現場についてきてくれていたのですが、いつも僕の目の前でスタッフさんに「煮るなり焼くなり、どうぞ」と言っていました（笑）。

岸見　ほう、面白いですね。

神木　年齢とかは関係なく、あなたは現場に立っているプロなのだから、怒られるべきときは怒られるのだと教えられていましたね。

岸見　頭ごなしに叱るような人はいましたか？

神木　できなかったときは、やっぱり叱られることもあります。でも、できて当たり前なので、それですごく褒められることもなかったですね。

岸見　特別扱いをされることは？

神木　なかったです。親からも普通に育てられました。

岸見　それはよかったですね。**「普通」はアドラー心理学のキーワードのひとつなんです。この場合、平凡という意味とは違います。多くの人は、普通であってはいけないと思いがちだけど、このままの私でいいんだと思えるのは、とても大事なことなのです。**ある意味、特殊な世界で、大人たちに交じって早くから才能を開花させて、それでも普通でいられたところが素晴らしい。すくすく育った素直な感じが伝わってきます。

神木　ありがとうございます（笑）。

岸見　僕がアドラー心理学を勉強し始めたきっかけは子育てなのですが、実を言うと、息子の雰囲気が神木さんとよく似ているんです。

神木　そうなんですか？

岸見　神木さんご自身というより、『桐島、部活やめるってよ』のときの神木さんとそっくり（笑）。機嫌が悪くなったりすることってあります？

神木　ありますが、それを表に出さないようにしています。

岸見　そうでしょ。

神木　たとえば親とケンカをして機嫌が悪かったとしても、それを見せていいのは親だけだと思っています。周りの人には関係のないことなので。

岸見　だけど、そういう配慮をできる人って少ないよね。職場などで引きずる大人はたくさんいますから。

神木　なんか今日は当たりが強いなあ、みたいな方ですね（笑）。

岸見　人には機嫌のいいときと悪いときがもちろんあるんだけど、神木さんが僕の息子と似ていると思ったのは、それをあまり表に出さないこと。だから、いつでも普通に話しかけることができるのです。機嫌の悪い人には腫れ物に触るみたいになってしまうけど、そもそもこちらが気を使うことがおかしいですよね。

神木　確かにそうですよね。こちらは何も悪くないわけですし。

岸見　神木さんが機嫌を表に出さないのは、自分の目が自分自身に向いているのではなくて、ほかの人に向いているから。感情のままに振る舞ってしまうのは、自分にしか関心のない人なんです。おそらく神木さんは、自分を助けてくれる他者の存在を、絶えず意識して育ってこられたから、わがままな振る舞いをしないのでしょうね。

神木　アドラー心理学では「すべての悩みは対人関係の悩み」と言っていますよね。だけど僕はありがたいことに、対人関係で悩んだことがほとんどないんです。悩みを相談されることはよくあるのですが、僕から友だちとかに相談することはまずないです。人に相談しなければいけないほど深刻な悩みがないっていうのと、できれば人にあまり弱みを見せたくないという、ふたつの理由があるんです。

岸見　**本来、多くの問題は、人に相談するほどのことではなく、自分で解決できるのです。**神木さんだって、悩みがあっても自分でなんとかできると思っているから、わざわざ人に相談しないわけですよね。**自分のことは可能な限り自分で解決するのは、生き方のコツといえます。その一方で、ほかの**

人が助けを求めてきたら可能な限り援助をする。すべての人がそれを実践したら、世の中が変わると思いませんか？

神木　変わると思います。

岸見　だけど現実は逆で、自分でやらなければいけないこと、自分だけで解決できることまで誰かに依存している人が多い。

神木　僕の場合は、どうすれば問題を解決できるか自分なりに考えて、それを実践する過程を楽しんでいたりもするんです。

岸見　それは面白い。自分の置かれている状況を俯瞰《ふかん》しているのでしょうね。悩みを打ち明けてくる人の多くは、その渦中にいて自分の状況を把握できていない。僕はカウンセラーだから、人の悩みを聞いても動じないで冷静に助言をするわけだけど、神木さんは自分でそれができる人なのですよ。

神木　自分を客観視して、全部把握していたいんです。けれど、悩みの渦中にいる人が、客観的な視点を持つにはどうすればいいんでしょうか？

岸見　まずは、相談を受けた側が巻き込まれないようにするのが大事。泣きながら悩みを打ち明けている人に「大変だったね」と声をかけたら、ますます泣いてしまいますよね。**アドラーはちょっと冷たいのですが、涙はウォーターパワーだと言っています。つまり、泣くことには目的があるんです。**だって泣かれたほうは困るし、泣くなよって思わない？

神木　言うべきことを早く言ってほしい、とは思います（笑）。

岸見　カウンセリングに来られる人も、涙なしには語れない話をしますが、もらい泣きをしていてはカウンセリングが成り立ちません。しかも、そういう人の多くは、原因論的な発想に囚われています。「過去にこんなことがあったから、今の私はこうなんだ」と考えるのは、たしかにわかりやすい。ドラマや映画、小説のストーリーもほとんどがそうなっているでしょ？　だけど過去に悲惨な出来事があったとしても、それが悩みの原因ではないんです。

神木　アドラー心理学はトラウマの存在を否定していますよね。でも「過去にこんなことがあったせいで、自分はこうなんだ」と思っていた人が、「原因はそれじゃない」と言われてしまったら、「今、抱えているこの悩みはいったい何なんだろう」って迷ってしまう気がします。

岸見　**まさに「どうせ自分なんか」と思うために、人はトラウマを持とうとするのです。なぜ、そうやって自分を卑下するかというと、人と積極的に関わらないようにすることが目的といえます。誰かと関わることで傷ついたり、ひどい目に遭うことを避けたいから、「どうせ自分なんか」と思いたいわけです。**

神木　恋愛でも、振られたことや浮気されたことが「トラウマになった」と言う人は多いですが……。

岸見　そんな話は、ちゃんちゃらおかしい（笑）。本当のＰＴＳＤ（心的外傷ストレス障害）は、もっと深刻なものですから。あるいは神経症を理由にする人もいます。たとえば、赤面症で男の人とお付き合いできないと思っている人がいたとするでしょう。その人は、男の人が振り向いてくれない理由を、赤面症のせいにしておきたいのです。彼女は赤面症を治してほしいと口では言うけれども、本当に治ったら男の人と付き合えない言い訳がなくなってしまい、たちまち別の症状を身につけるはず。

神木　なるほど！　厳しいけれど納得できますね。僕の場合、仕事柄どうしてもいろんな人と比較されるのですが、もともと自己評価があまり高くないんです。

岸見　劣等感というのは、あくまでも主観的な解釈です。僕は小学1年生のときに算数で5段階評価で3の成績を取って以来、苦手だと思ってしまいました。本当はもっと勉強をすればいいだけの話なんだけど、本人ができないと思ったらそれは劣等感なのです。反対に、実際にどうなのかは関係なく、自信がみなぎっている女性は美人ですよね。私は私でしかないので、人との比較は無意味なことです。だって自分の顔を変えるわけにはいきませんからね。演じているときの神木さんも、神木さんしかできない役だから面白いのです。

神木　そう言っていただけると、うれしいです。

岸見　**自分しかできないことがわかれば、自信につながります。逆説的な言い方をすると、こんな自分なんか嫌だと思っているうちは、人は変われない。変わらなくていいんだと思えたときに、変わることができているのです。**人からどう思われているのかという考えから自由になれるだけで、全然違うのですよ。

みんなに好かれる人は不自由に生きている!?

岸見　神木さんはいろんな作品に出ていますが、すべての作品がすべての人にとって好評とは限りませんよね。僕もたくさん本を書いていますが、アマゾンで星がひとつしかついていないこともある。あれって、むちゃくちゃショックです（笑）。

神木　わかります！　１００人のうち、99人からいい評価をもらえたとしても、たったひとりがダメと言ったら、そっちのほうがむしろ気になってしまうんですよね。

岸見　ひとりの「ダメ」に振り回されるのは、不自由ですよね。そういう意味で、神木さんは厳しい世界で生きているんだなあと思いますよ。

神木　会社で働いているような方も、上司など周りの評価はやっぱり気になるんでしょうね。

岸見　理不尽なことを言う上司でも、気に入られたいと思って合わせてしまう人は多いですよね。

神木　そこでストレスを溜めないためにはどうすればいいのでしょうか？

岸見　**新しいアイデアはどんなに小さなものであれ、嫌われる勇気から生まれると思います。会議で上司が気に入るようなことばかり言っていたら、新しいアイデアなんて生まれない。**「こんな映画は絶対にウケへんやろ」とダメ出しをされても、「それでもやりたいんです！」と言える勇気を持たなければいけない。

神木　だけど、仮に自分の意見を聞いてくれないような上司に、そういうことを言うのは難しくないですか？

岸見　アドラー心理学では、実はそこにも隠れた目的があると考えます。もしうまくいかなかったとしても「上司の言う通りにやった」という言い訳ができるっていうね。しかし、上司に意見をするときは多少の摩擦が起こることも覚悟しないといけない。**もし、周りに自分のことをよく思わない人がいるとすれば、それはあなたが自由に生きていることの証しなのです。逆にみんなに気に入られているようなら、八方美人で不自由な生き方をしているといえます。**

神木　僕はどちらかというと、八方美人のほうだと思います。

岸見　アドラーは「嫌われよう」と言っているのではなく、「嫌われることを恐れるな」と言っているのです。そうすれば、もっと自由に生きられるようになりますから。

神木　心理学や哲学って、もっと複雑だと思っていたのですが、アドラー心理学はとてもシンプルですよね。

岸見　だからといって簡単なわけではなく、奥深さがあります。頭の中では理解できても、実践が難しいという意味では、真冬に夏の暑さを想像する感じに似ていると思います。俳優という仕事は、まさにそれをやらないといけないわけですよね。

神木　そうですね。今日はなんだか、僕がカウンセリングを受けに来たみたいです（笑）。

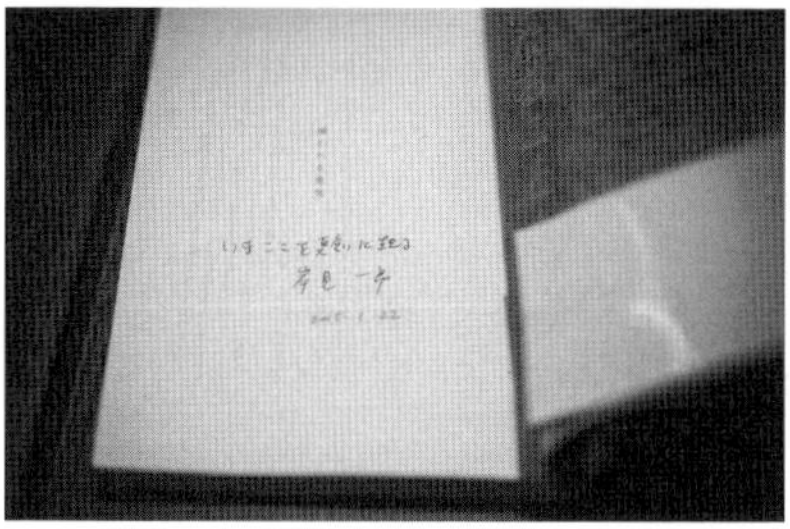

（上）岸見さんと同様、哲学者になった息子さんと僕は、雰囲気が似ているらしい。

（下）対談のあとでサインをいただいた。「いまここを真剣に生きる」。添えられた言葉が深く沁みる。

今日は本当に勉強になりました。〝青年〟になったつもりで、「でも」とたくさん言いたかったのですが、わかりやすくて説得力もあって、まったく反論できませんでした（笑）。

アドラー心理学は誰にでも当てはまるような、身近なテーマなのがいいですよね。考え方ひとつで人間は変わることができるっていうのが、すごくステキだと思いました。先生のお話をうかがって、母の教育は間違っていなかったのかなって思いました（笑）。

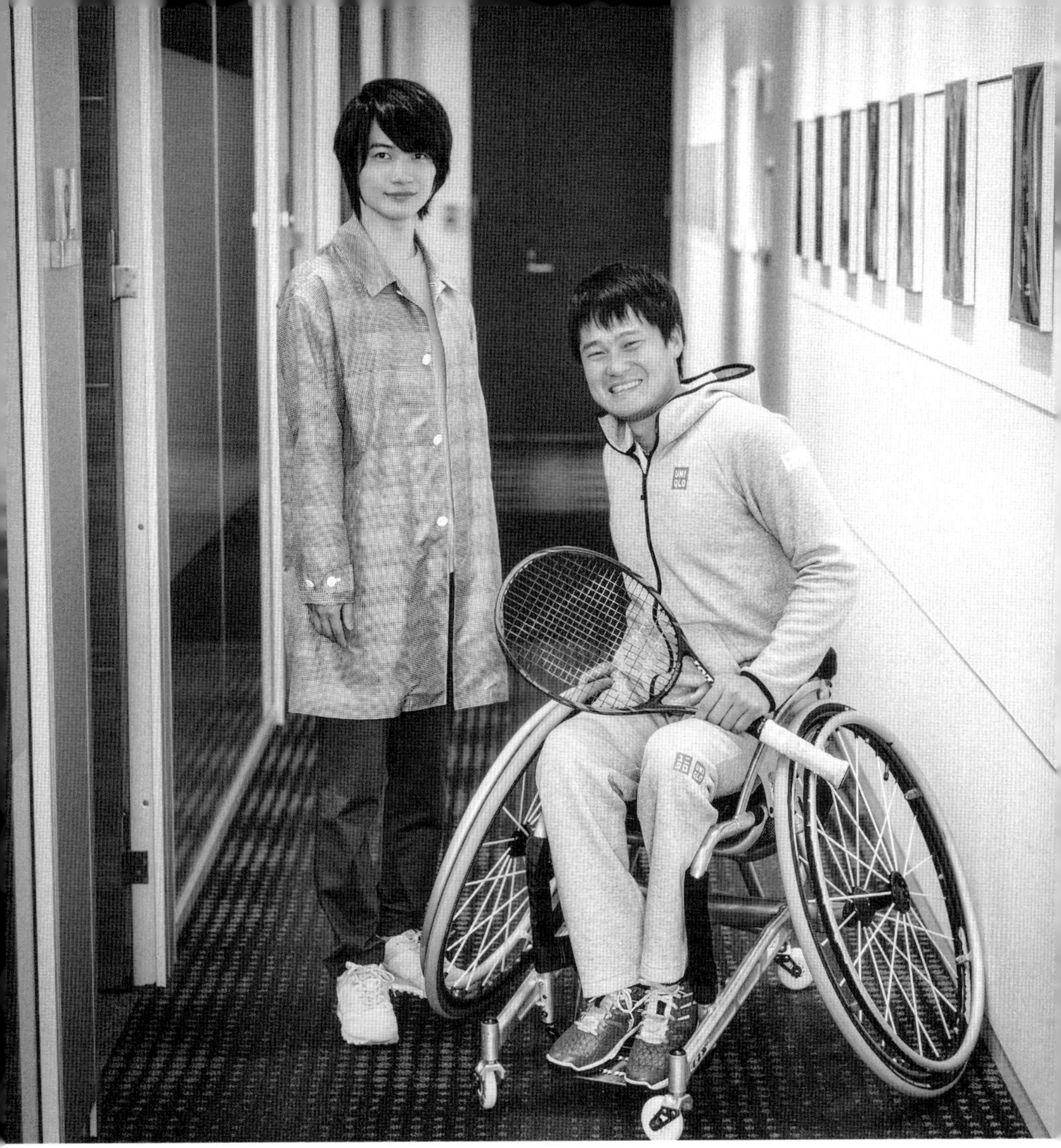

勝ち続けるために何をしていますか？

車いすテニスプレーヤー

国枝慎吾さん

くにえだ・しんご●1984年、東京生まれ。9歳のとき脊髄腫瘍になり、11歳で車いすテニスを始める。17歳から本格的に海外ツアーを回り始め、2004年アテネパラリンピックのダブルスで金メダルに。2006年10月に世界ランキング1位となり、翌年、車いすテニス史上初となる年間グランドスラムを達成。2008年北京、2012年ロンドンパラリンピックのシングルスで2連覇。2009年、車いすテニス選手としては日本で初めてプロに転向、その後も主要大会で優勝を重ね、トップを守り続けている。

各界の達人とお会いして、様々なお話をうかがうこのマスターズ・カフェ。
車いすテニスプレーヤーとして世界の頂点に立つ
国枝慎吾さんが、今回のマスターです。

神木　プロの方に、いきなりこんな話をするのも恐縮なのですが、僕も時々、テニスをすることがあって……。

国枝　本当ですか！

神木　もともと卓球部だったのですが、先輩から「卓球部の人は素振りに癖があるから、テニスは絶対にできない」と言われて、そんなはずはないってことを証明したくて始めたんです（笑）。でも、打ち返すのに精いっぱいで、気持ちのいい音もたまにしかしないので、テニスはパワーが大事だなとつくづく思います。

国枝　『るろうに剣心』で演じていたみたいに、剣を抜くようなイメージでラケットを振れば大丈夫ですよ（笑）。

神木　なるほど（笑）。でもバックハンドはさらに難しいですよね。ただでさえハードなのに、車いすでコートの端から端まで動きながら打ち返す姿は、映像で見てもいったいどうやっているんだろうと思ってしまいます。というのも実は今、ドラマで車いすに乗っている役を演じているんです。左右に素早く方向転換するだけでも大変ですし、座ったままバスケのシュートをするのも、想像以上にきつくて。だから、あんなにパワフルな試合をしているのは、本当にすごいと思います。

国枝　ありがとうございます。車いすに乗ってみると、普通に動くことがどれだけ大変かよくわかりますよね。しかもテニスというスポーツは、健常者もそうですけど、常に動いていないといけない。相手に返球しているときでも止まっていることがないので、なかなかしんどいスポーツだなあと僕自身も思います。

神木　ボールの着地点と、それがどのくらいの速度と角度で跳ね返ってくるか、さらにそれをどこに打てばいいのかを計算しながら動かないといけないということですよね。実際は頭の中で計算しながら動いているのか、それとも体がちょうどいい位置に自然に回り込めるようになっているのか、どちらなのでしょうか？

国枝　**体が勝手に動いている部分もありますし、自分がこう打ったからこっちに返ってくるだろうという予測もしています。逆をつかれると、車いすで反応するのはかなり厳しいので、できるだけ裏をかかれないように自分自身がボールをコントロールする必要があるんです。相手のボールを予測できていれば、落下地点に素早く入れる。素早く入ったら、自分が打ったボールのさらにひとつ先まで思い描ける。その連続がラリーにつながっていくという感じです。**

神木　すごいですね。それをほんの数秒の間に考えて、先手を打っていくということですよね。

国枝　相手が打ち返してから反応するのでは遅くて、頭の中の回転と体の動きをしっかり連動させなければいけないですね。だから試合が終わったあとは体だけでなく、頭もすごく疲れているんですよ。

神木　テニスは、チェスにもよく喩えられると聞きました。

国枝　そうですね。ただテニスの場合、自分が打ったボールがどう返ってきて、次にどう打つか、くらいまではみんな予測していると思うんですが、チェスみたいに何十手も先まで読むのは、さすがに無理。そこまで考えていたら、逆に体が動かないと思います（笑）。

徹底した練習があってこその自信です。

神木　車いすテニスとの出合いについて、教えていただけますか？

国枝　車いすになったのが9歳のときなのですが、それまではずっと少年野球をやっていたんです。もともと体を動かすのが好きで、スポーツをやっているときはちょっとヒーロー、みたいな子だったかな。だけど、小4になる前の春休みに、腰に痛みを感じたんです。そして脊髄に腫瘍が見つかり、手術をして麻酔から醒めたときには脚が動かなくなっていました。それは今もすごく覚えてますね。それから半年くらい治療をして復学したのですが、ちょうど『スラムダンク』が流行っていた頃で、放課後、バスケ部の友だちとスリーオンスリーをする日々が続きまして。そうしたら母がある日、家から30分のところにあるテニスセンターに連れていってくれたんです。ウィンブルドン女子ダブルスのチャンピオンになった沢松和子さんの教室で、一般のテニススクールだけでなく、車いすテニスのスクールもありました。車いすテニスを教えるところは現在もそれほど多くないのに、家の近くにあったことに今となっては運命を感じています。

神木　車いすテニスも最初から上手にできたのですか？

国枝　どちらかというと、そうでしたね。野球で、球技の感覚はある程度わかっていたので。車いすさばきに関しても、友だちとバスケをやっていたおかげで、テニス用車いすに初めて乗ったときから、周りの大人よりも速く動けたくらいでした。

神木　やってみてすぐに面白さを感じるようになりましたか？

国枝　ラリーが続いて試合に出られるようになると、やっぱりすごく楽しくなってきました。勝負ごとが好きなタイプなので。初めての試合は1回戦で負けてしまったのですが、おのずと目標ができて徐々にのめり込んでいった気がします。スポーツだけじゃなく、どんなことでも僕はとにかく負けず嫌いなんです。神木くん、テレビゲームはやる？

神木　やります。

国枝　『ウイイレ（ウイニングイレブン）』とか『ストリート・ファイター』が昔から好きなんですけど、始めた頃はみんな同じくらいのレベルじゃないですか。僕は、どうすれば強くなるのかインターネットで調べて、ひとりで特訓するようなタイプでした（笑）。

神木　それ、すごく共感します（笑）。

国枝　やっぱり常に勝っていたいし、勝つことが好きなんですよね。

神木　僕も負けず嫌いで、負けた自分が許せないんです。中3のとき、ひとりでボウリングの練習をしていたくらいなので。

国枝　ボウリングにひとりで行くのは、結構ハードル高いね（笑）。

神木　でも、そのかいあって今のところ周りの人には負けていないです。

国枝　おお、それはすごい！　何をするにも、そういう気持ちは大事だと僕は思いますよ。

神木　普段はどんな練習をされているんですか？

国枝　**僕は〝基礎練重視派〟なので、初心者がやるような練習をずっと繰り返すことが多いですね。運動生理学的に、人間の体は、3万回同じことをすると、頭で考えなくても勝手に動くそうなんです。フォアハンドならミドルのポジションだけでなく、ハイポジションで3万回打ったら、次はローで3万回打つくらい、徹底的に基礎を繰り返します。**

神木　3万回ですか……。確かに基礎はすべての土台になるし、基礎があってこその応用、ですよね。

国枝　試合では、劣勢で焦る場面も当然あります。そんなときは、体に染みついた基礎的な動きがモノをいうし、精神的にもこれだけやったんだからと思える。それが結果につながっているのかなと思いますね。

神木　集中のしかたについてもぜひ聞きたかったのですが、例えば国枝さんにとってのスイッチみたいなのがあって、それをすることで集中モードに入ったりするのでしょうか?

国枝　僕が意識しているのは、ルーティン・ワークと言って、いつもと同じことをすること、ですね。例えば試合の直前に、Mr.Childrenの『Tomorrow never knows』を必ず聴く。試合中もファーストサーブを打つ前に2回、セカンドサーブの前に4回、ボールを地面につく。コートチェンジのときは90秒の休憩が入るのですが、その間にスポーツドリンクを飲み、バナナを食べて、サプリを食べて、水を飲むと、ちょうど「タイム」と審判から声がかかる。すべて決まった動きをすることで、雑念が消えてプレーに集中できるんです。

神木　おもしろいですね!

国枝　それと、ラケットには「オレは最強だ!」と書いています。

神木　本当だ!

国枝　メンタルトレーナーにカウンセリングしてもらって始めたアファメーション、つまり断言トレーニングのひとつです。当時、僕は世界ランク10位だったのですが、「ナンバー1になりたい」ではなく「ナンバー1だ」と断言するトレーニングを勧められたんです。ちょうど全豪オープンの最中で、周りにライバルがいるところで「オレは最強だ!」と叫ばせられてね(笑)。それからは、朝起きて鏡の前で言ってみたり、コート上ではラケットに書かれた文字を見たりして、自分は最強なのだと言い聞かせて生活しました。そしたら3か月後くらいにグランドスラム*で勝つことができまして。

神木　素晴らしいですね。だけどやっぱりそれは、３万回練習をしてきたからこそ言えるセリフですよね。

国枝　**練習してきた自信があるから、勝つことでさらに「オレは最強だ」と思えるパワーも増してくる。その好循環に自分自身をはめ込んでいく感じです。**漫画の『ＯＮＥ ＰＩＥＣＥ』でも、ルフィが海賊に「なりたい」ではなく「なる」と断言していますよね。あれはアファメーションのいい例ですよ。僕と一緒だなっていつも思う（笑）。

神木　そういえば、いま撮影しているドラマに、長いセリフを一気に言わなければいけないシーンがあるんです。「できる！」と思っているときは口が勝手に動いてくれるのに、一瞬でも心が折れて「やばいかも」と思ったら最後、絶対に間違えます。

国枝　テニスも完全に一緒です。サーブを打つときに「フォルトするかも」とよぎる瞬間がなぜかあって、そのまま打つと必ずミスしますからね。だからそんなときはラケットの「オレは最強だ！」を見て口に出して、気持ちを切り替えるんです。

神木　切り替えという話でいうと、僕の場合は「用意スタート！」のカチンコの音で切り替えられるタイプです。本番が始まる直前まで人と話していることもよくありますし。

国枝　テニスプレーヤーにも、神木さんみたいなタイプと、逆にひとりになりたいタイプがいて、例えばフェデラーは試合直前まで人としゃべってるけど、ナダルはひとりで音楽聴く派。錦織くんは日によって違うかな。僕はひとりになりたいタイプ。試合前のウォームアップのときに、一番ナーバス

＊グランドスラム　４大国際大会（全豪オープン、全仏オープン、全英オープン、全米オープン）を指し、これらすべての大会を年内に制覇することを「年間グランドスラム」という。国枝さんはこれまで３度も年間グランドスラムを達成している。

になってしまうんです。一球のミスが気になってイライラしてしまう、とメンタルトレーナーに相談したことがあって。そしたら「緊張は五感を研ぎ澄ますのに最もいい状態なので、あなたはウォームアップをしながら戦闘準備に入っているんです。だからそれは最高の状態なんですよ」と言われました。**僕の場合は試合直前に誰かと話すと、リラックスしてしまい緊張状態になれない。だから楽勝と思えるような試合のときも、自分を緊張させるように追い込みますね。**
神木　僕は正反対で、緊張すると、逆に些細なミスを気にしてまたミスしてしまうタイプなんです(笑)。だから、なるべく緊張しないように、人とおしゃべりするんだと思います。

現状維持ではなく過去の自分に勝つこと。

神木　国枝さんは、絶対王者と呼ばれていますよね。でもきっと、勝ち続けることへのプレッシャーもあると思うのですが……。
国枝　プレッシャーには、相当つきまとわれてますね(笑)。**だけどプレッシャーがあればあるほど勝ったときにうれしいのも事実ですし、そこから解放された瞬間は最高で、それを味わうためにやっているといっても言ってもいいくらい。**これだけ勝ったのだからもういいじゃないか、って言われたりもしますけど、何度勝っても1回目のようにうれしいし、新鮮だし、それぞれに違う味があるんです。
神木　プレッシャーをマイナスには捉えていないのですね。
国枝　そうですね。だけど勝ち続ける難しさも当然あります。1位になるまでは、1位の選手を目標にしたり、その選手に勝つための練習ばかりしていたのですが、自分が1位になってしまうと誰の背中も見えなくなるんです。そのときは、どうしてテニスを続けているのかわからなくなって、2か月くらいスランプに陥ったりもしました。だけど、**ナンバー1になっても、まだまだミスはあるし、打ちづらいコースもあるし、伸ばすべきところはたくさんある。それで「対、他の選手」ではなく自分自身に目標を設定するようになったんです。**それまでは勝敗によってモチベーションに波があったのですが、自分の中に目標を置いてからは、ブレなくなりましたね。

神木　他の選手とは、仲良くなったりも？

国枝　します。車いすテニスは年間150大会あるんです。僕は15大会くらい回るんですけど、トップ選手はだいたい同じ大会に出てるし、ダブルスも組むし。フランスのウデ選手はライバルだけどリスペクトもあって……不思議な、何ともいえない関係かな。

神木　素敵だなって思います。今の具体的な目標はなんですか？

国枝　今年（2015年）はフォアハンドをさらに磨いているところです。プレースタイルはほぼ固まっているので、細かいところを磨くことで戦術の幅を広げていきたいと思っています。

神木　どんどんストイックになっていく感じですね！

国枝　**今、31歳ですけど、昨年の自分よりも間違いなく強いと思うし、そう思えることが進化している証拠であり、勝ち続けていくための秘訣だと思っています。現状維持ではなく、少しだけでも過去の自分に勝てるようになっていたいんです。**

神木　近い将来ではなく、少し先の目標はありますか？

国枝　2020年に東京でパラリンピックが開催されますよね。本当は2016年のリオデジャネイロでひと区切りつけようかなと考えていたんです。だけど東京に決まった瞬間は興奮しましたし、そこまでやらないと絶対に後悔するので、リオでもシングルスの金メダルを取り、東京で4連覇するのが夢です。自分が、東京のスタジアムで決勝戦を戦う姿を、今から思い描いています。

神木　それは本当に見たいです。僕も応援するのが今から楽しみです！

（上）車いすテニスは障害者スポーツのひとつで、2バウンドでの返球が認められているのが通常のテニスと大きく異なる。それ以外のルールは基本的に同じ。テニス用の車いすは一般のものとは異なり、例えば激しい動きによる転倒を防ぐための小さな車輪などもついている。

（右）数えきれないほどの勝利をもぎ取ってきた「オレは最強だ！」と書かれたラケット。

勝つことが好きな人の言葉は気持ちがいい。負けず嫌いの方と話すのは、すごく楽しいですね。お話を聞いているだけで、いい〝気〟をいただけて、こちらもなんだか自信が持てるような不思議な体験でした。勝つために相当の努力をして、しっかり結果を出している方の言葉だからこそ響くのだと思います。2020年に東京で本当に金メダルを取ってしまうんだろうなとも思いました。そのときは、ぜひスタジアムで観戦したい。勝った瞬間って本当に気持ちいいんだろうなあ。

仕事を楽しくする秘訣は何ですか？

コピーライター、
ほぼ日刊イトイ新聞主宰
糸井重里さん

いとい・しげさと●1948年生まれ、群馬県出身。80年代に「不思議、大好き。」「おいしい生活。」などの名コピーを生み、コピーライターブームを巻き起こした。ゲーム「MOTHER」の制作やNHKの番組『YOU』の司会などで活躍したのち、1998年にwebサイト「ほぼ日刊イトイ新聞」を立ち上げる。著名人の連載や対談ほか、手帳や衣服、食品などを企画・販売。未開のビジネスを楽しみつつ展開中。近著に、早野龍五氏との共著『知ろうとすること。』（新潮文庫）、『忘れてきた花束。』（東京糸井重里事務所）などがある。

各界の達人とお会いして、様々なお話をうかがうこのマスターズ・カフェ。
今回は、東京・青山の糸井重里さんの事務所を訪ねました。
実に11年ぶりの再会です。

神木　お久しぶりです。

糸井　すっかり役者さんになられて。僕、『桐島、部活やめるってよ』を観たとき、神木くんだと気づかなかったんですよ。あとで知って驚いた。いま何歳？

神木　観てくださってありがとうございます。もうすぐ22歳になります。

糸井　よかったねえ。グレもせずに大人になって。

神木　前に取材でお会いしたとき、「ほぼ日手帳」をいただいたんです。その印象が強かったので、当時僕は、糸井さんを〝手帳を作っている人〟だと思っていました（笑）。

糸井　そうでしたか。いまはジャムやカレーを作る人でもあります（笑）。

神木　（ジャムのビンを手にとり）「本気めんどくさ仕込み　おらがジャム」……本当に作っていらっしゃるんですね。糸井さんは幅広くいろんなことをなさっていますが、肩書で言うと何になるんですか？

糸井　昔から、肩書は何でもいいと思っているんです。広告の仕事をしていた時代は、コピーライターと言ってました。いまコピーライターの仕事はしてないんですが、人がプロフィールにそう書くから、それならそれでいいよと（笑）。何十年も新作を撮っていない人でも「映画監督」と言われるようなものですよね。

神木　なるほど。どんなことをきっかけに、「これをやってみよう！」とスイッチが入るのですか？

糸井　始まりは普通の人と同じじゃないかな。ジャムで言うと、僕は昔からジャムが好きで、自分で作れたらいいなあと思っていたんです。よしながふみさんの漫画『きのう何食べた？』を読んでいたら、安いイチゴでジャムを作るという話が出てきて、レシピが載っていた。この人にできるなら俺にもできるだろうとやってみた（笑）。でも、思うような味にはなかなかできない。何が違うのかと理由を考えていくと、次に作る動機につながる。思った通りのジャムを作りたくなるんですね。

神木　納得いくまでやりたくなるんですね？

糸井　ジャム作りの失敗って、たいてい砂糖を減らしちゃうことが原因なんです。健康にいいから、甘くしたくないからと減らしたくなる。でも、ジャムを固めるには50パーセントの糖分が必要なんですよ。そこに気づくまでに時間がかかった。でも、失敗の理由がわかると、スコーンと出口が見えてうれしいんです。やがて家族にほめられ、ほかにも欲しいという人が出てきて、ジャムおじさん化していく（笑）。一人では作りきれなくなって工場を探して、販売をすることになり……そんな流れです。スタートは仕事じゃなく、遊びなんです、どれも。カレー、試食してみますか？

神木　はい、いただきます！

負けず嫌いは楽しくない。

神木　何かを作るのにそこまで突き詰めるのは、負けず嫌いの気持ちからなのですか？

糸井　昔は負けず嫌いだったんだよね。でも、**負けず嫌いってあまりいいことないですよ。だって、〝勝つのが楽しい〟だけなんだもん。負けず嫌いを脱すると、やっている最中も面白くなる。**

神木　実は僕も負けず嫌いなところがあるんです。

糸井　若いうちはみんなそうですよ。

神木　勝てばうれしいし、負けたら悔しい。でも、その過程が楽しいかと聞かれたら……肯定できないときも……。苦しみもありますよね。

糸井　得意じゃないことで勝負をかけられると困りますよね。腕相撲で勝負と言われたら嫌でしょ？勝ったら勝ったで、もっと強い奴が出てきてきりがないし、ちょっとむなしくなる。なぜかというと、勝ち負けにこだわっているとき、主人公が自分じゃなくなっているからなんです。「すごいね！」と拍手している人が主人公。子どもにとってはお母さんだったり、タレントさんにとっては大衆だったり。声援を送る人が王様で、自分は奴隷頭になってしまう。

神木　「みなさん、勝ってみせましたよ！」というような？

糸井　そう。拍手喝采を浴びるのはうれしいんですよ。でも、冷静になると何だったんだろうと……。

神木　楽しくなくなってしまうんですね。

糸井　それでも本当に楽しいと思えたら、またやるんです。**プロの領域に踏み込むというのは、またやりたいと思わせる何かがあるということ。**神木さんにとって芝居は、勝ち負けを超えたんでしょうね。

神木　はい。芝居は楽しいです。

ほぼ日カレー登場！　いよいよ試食。

糸井　これが今日の給食（週一度の「ほぼ日」社員のためのお昼ごはん）のカレーです。一口食べたあと、「カレーの恩返し」（「ほぼ日」特製の仕上げ用カレースパイス）を好きなだけかけて食べてみてください。

神木　僕、カレーが大好きなんです。この間も2週間の映画の撮影中、12日間はカレーを食べていました（笑）。おいしいです！　「カレーの恩返し」をかけると、よりスパイシーになりますね。

糸井　華やかな味になるんですよね。実はこの調合を決めるのが大変だったんです。スパイスをコーヒーミルや石臼でひいてみたり、分量を変えたり、いろんなことを試した。何通りもやってみたんですが、なかなか答えが出なくて、半年かかってもレシピを決められなかったんです。

神木　半年ってすごいですね。

糸井　そこで、それまで記録していた調合メモを全部捨てて、「この芝居、1回だけやります！」というような覚悟で、鼻や舌の感覚だけを頼りに作ってみた。それがこれです。僕は「本能がえり」と呼んでいるんですが（笑）。お芝居でも、そういう奇跡の1回ってあるでしょう？

神木　あります。一番最初のテスト（撮り）で、役者の演技もカメラワークも照明も全てうまくいった、ということがたまにあるんです。「あ、テストで出ちゃったね（笑）」と。次の本番で理想の1回を再現しようとしてもなかなかできないんですよね。

糸井　映画もフィルムで撮っていた時代は、そう何回も回せないという緊張や恐怖がきっとあったでしょうね。デジタルの登場で、絵コンテの通りに撮れるようになった。アニメと実写映画がそっくりになってきたんですよね。

神木　CG処理もできますしね。

糸井　昔の映画、『仁義なき戦い』なんて、カメラマンが転んでいますから（笑）。ああいうアクシデントが生まれる面白さは減りましたね。もちろんいい面もある。ただ、頭の中のイメージをそのまま再現する方向に進んでいますね。よくも悪くも失敗がなくなった。映画やドラマだけでなく、社会もそう。その中でどれだけ生っぽさを引き出していくか、それが僕らの楽しみでもあるんです。

毎日書くのは、いまでもつらいんです。

神木　糸井さんは毎日エッセイを書いていらっしゃいますが、書くのがつらい日はないんですか？

糸井　毎日つらいですよ（笑）。

神木　そうなんですか！

糸井　今日はどんな日だったろう、何を思ったんだろう？　と毎日振り返らないといけない。

神木　自然と何かを発見して、書いていらっしゃるのかと思っていました。

糸井　記憶の引き出しをいろいろ開けて引っ張り出すんです。ものすごく重要なことがあっても、書くに値しないときもある。**僕は、自分に起きた出来事を、文章を通して〝みんなのもの〟にしたいんですね。みんなのものにできないことは書けない。**

神木　なるほど。

糸井　震災直後はつらかったですね。いい子ぶった文章を書いたらみっともないし、嘘はつきたくないし。何を書いたらいいのか、悩んで1本書くのに4時間くらいかかりました。

神木　そうやって毎日考えていらっしゃるから、好奇心の幅も広がってきたのでしょうか。

糸井　書くこととは関係しているでしょうね。というのも、**ずっと同じことをしていると、ある種の〝偏った人間〟になるんです。夜、人が寝ている時間に何を書こうか考えるわけですから。書くことを前提に物事を見る。エッセイに書けるような生き方を選んでいるかもしれないです。**作家はみんなそうですよ。役者さんも、そういうところがあるんじゃない？　人の顔を見て「あの表情は使えるな」と思ったりするでしょう？

神木　そうですね。『桐島〜』では、学校で見ていたクラスメイトたちの動きやしゃべり方をとりいれました。

糸井　そういうものの見方は、普通ではないですよね。

神木　そうですね。作品の見方も、素直じゃないかもしれません。

糸井　みんなが驚くシーンで、どうやって作ったんだろうと思ったり。

神木　はい。ああいうふうに驚くといいのかと……研究したり（笑）。

糸井　神木さんは芸歴が長いから、若くして偏りますよね。

神木　高校時代は帰宅部だったので、普通に生活するだけでいいのかなあと疑問に思って、日替わりでテーマを決めて、一人で役作りをしてみたんです。今日はツンツンした感じ、今日は優しい感じ、漫画の登場人物のようにしようとか。

糸井　へえ。

神木　あるとき、「今日はクールで行こう」と、休み時間も一人で席にいて、脚を組んでうつむいていたんです。そうしたら、「どうしたの？　具合悪いの？」と友達に言われて。こりゃダメだと（笑）。

会話のコツは、自分から裸になるということ。

神木　糸井さんはお仕事でもプライベートでも、大勢の人と会っていらっしゃいますが、人と話すときに大事にされていることは何ですか？

糸井　僕はほっといてもしゃべるんで、流れを決め込まないで、どう転んでもいいようにしていますね。ただ、僕は仕事とプライベートが混じっているから嫌いな人に会わないですむんですよ。興味のある人、好きになれそうな人としか会わないから、のびのび話ができる。

神木　それはいいですね（笑）。

糸井　**そんなズルを前提にして言うと、まず自分から（心の）服を脱ぐということかなあ。「ちょっと暑いから、上着を脱ぎますね」と言う。すると、「そうですね。暑いですね」と相手も脱いでくれる。**そうやって1枚ずつお互いまとっているものを脱ぐうちに、気づくとおっぱいが見えちゃってるんですね（笑）。

一同　（爆笑）

糸井　僕もおっぱい、プリンプリン出してますから（笑）。そうやってお互いガードを解いていれば、どんな話をしても楽しい。**あとは、精いっぱい相手の言うことをわかろうとすることが大事ですね。相手がゆるむのを待つんじゃなくて、自分が先にゆるむ。先に相手を信じる。先に恥をかく。**

神木　興味を持って会ってみたら、イメージと違ったとか、ガチガチに厚着をしていて困ったというようなことはないですか？

糸井　一番困るのは、裸のフリをして透明な硬いものをまとっている人ですね。どんなに顔で笑っていても、心を開いてくれない。その場合はそのレベルで面白い話が聞ければいい。でも、美容院の会話みたいな、〝ただ話を合わせる〟というのは僕はダメですね。

神木　わかります。

糸井　「最近、面白い映画ないですか？」って。本当に知りたいんだったら教えてあげるけど、マニュアル通りに聞いているだけで、心で話してないなら答えたくない。話したいことがないときは、無理にしゃべらなくていいと思うんです。よく会社の社長さんなんかが「お前も何か言ってみろ」と社員全員に話させようとするけれど、そうやって強要すると、しゃべることが楽しくなくなるからね。

うち（ほぼ日）でも、無理に話さなくていいと言っているんです。ただ、いいアイデアを持っているのに発言しないのはもったいないから、話しやすい場にはしたいなと思っています。会話は楽しめればいいんです。素直なしょうもないことを言えばいいんですよ。

神木　楽しいほうが、会話も発展しますよね。僕も仲のいい友達と話しているときは、あっちこっちに話題が飛びますし、いろんなことをポンポン思いつくんです。でも、お仕事だとどうしても、これを言ってはいけないんじゃないかとか、つながりを気にしたり、気負ってしまう部分があるんです。

糸井　勝ち負けになっちゃうんですね。テレビや映画の世界は個人競技集団だから、どうしても「俺の（トークの）腕を見せたい」というようなところはあるかもしれないですね。

神木　勝ち負けにこだわるのは、ある時までは必要なんでしょうか。

糸井　いままでは重要だったかもしれないけれど、**これからは勝ち負けにこだわらないやり方があると思いますね。舟に喩えると、これまではああしちゃダメ、こうしちゃダメと規制があった。でも、これからは舟が沈まない限りは、好きなだけ自分の「自由」という荷物を積めばいい。我慢することを努力と思わずにね。**

神木　なるほど……。

糸井　おもちゃがいっぱいの子もいれば、子犬を山ほど積む人もいる。自分の好きなものをたくさん積んでいれば、漕ぐのも楽しいじゃない？　人に漕いでもらうんじゃなく、自分で漕ぐんです。震災直後、エッセイに「自分のリーダーは自分です」と書いたことがあるんです。東京に残るのも自分だし、どこかに移動するのも自分。「自分で決めたことは全て尊いと思います」と。それはいろんな場面でよく思い出す言葉ですね。

神木　主人公は自分。リーダーも自分……。

糸井　そう。**リーダーから降りて、人のせいにしたほうがラクなこともあるけれど、自分で漕ぐことが大事なんだと思いますね。**

（右）事務所の扉を開けると、ゴリラ君がお出迎え。糸井さんがAmazonで「ポチッと」したそう。

（左）「ほぼ日」の「カレーの恩返し」入り、ほぼ日カレーに感激！

「人と話すときは自分から服を脱ぐ」とおっしゃった通り、糸井さんはお話ししやすい場を作ってくださったので、本当に楽しかったです。

前にほぼ日の取材でお邪魔したときの置き手紙や僕のサインを、当時の担当者の菅野さんが持っていてくださって。一気に11年前のことも思い出しました。給食もいただいて、気分は一日社員。ほんとうにおいしかった。ごちそうさまでした。

経験とともに
不安はなくなりますか？

スペシャルマスター
俳優
中井貴一さん

なかい・きいち●1961年、東京生まれ。スター俳優として名を馳せた、佐田啓二を父に持つ。大学在学中の1981年、映画『連合艦隊』でデビューし、日本アカデミー賞新人俳優賞を受賞。1983年、主役を演じたドラマ『ふぞろいの林檎たち』が大ヒットする。近年はドラマ『最後から二番目の恋』、映画『アゲイン 28年目の甲子園』などに出演。NHKの昼食をテーマにしたバラエティ番組『サラメシ』での、ユーモア溢れるナレーションも人気。

マスターズ・カフェ特別編のお相手は、〝父〟と慕う俳優の中井貴一さん。親子役を演じて以来の関係ですが、大先輩と仕事の話を改まってするのは、緊張しつつとても新鮮な体験でした。

神木　最初にお会いしたのは、親子役を演じた2008年の『風のガーデン』というドラマで共演したときですよね。

中井　そうだな。あのとき、いくつだった？

神木　中3です。

中井　中3か（笑）。僕は、神木くんが天才子役と言われた頃からずっと見ていたけど、子役からやってきて残ることのできる人は本当に少ないよね。神木くんと『風のガーデン』で出会ったとき、こういうタイプが残るんだろうなって思いました。役者って、芝居をするとお互いの本質が見えてくるけど、あのとき、神木くんには演じることを純粋に楽しんでいる感じが見えたんだ。障害を持っている難しい役だったんだけど、かなり絞られてたよね。

神木　そうですね。「人のことを考えず、もっと自分勝手にやれ」と言われました。

中井　倉本聰先生は、僕らがデビューした頃、ものすごく厳しい方でね、でも時間とともに少し丸くなられて……。でも『風のガーデン』での神木くんに対する倉本先生は、昔の姿だった。それくらい神木くんの演じた、岳という役に対する思い入れが強かったのだと思う。

神木　厳しかったですけど、「自分勝手にやれ」という言葉に救われもしたんです。それまでは相手の演技を受けて、リアクションしなければという意識があったのですが、必ずしもそうじゃなくていいと言っていただき、だいぶ楽になりました。ちなみに、初めてお会いしたときに僕が抱いた中井さんの印象は、「英国紳士」です。

中井　そうなんだ（笑）。

神木　いまだにそのイメージは変わらないのですが、まず、テニスをされている姿が素敵です。

中井　そうか、神木くんはテニスをやり始めたときだったもんね。

神木　中井さんに教えていただいたおかげで、今も続けています。サーブはまだ上手に打てないですけど。

中井　たいしたもんだ。僕はサーブが打てなくなったから（笑）。

神木　えっ、そうなんですか？

中井　全然やらなくなったからなあ。神木くんが真剣にやるなら、僕もまた練習するよ。

神木　ほんとですか？　やりますよ！　じゃあまずは、サーブを打てるようにしなくちゃ。

中井　大丈夫。今じゃ僕も同じくらいのレベルだから（笑）。

北海道・富良野が舞台の『風のガーデン』で初共演。父と息子を演じた（写真提供／フジテレビ）。

主役をやるということの意味。

神木　中井さんは役者としての印象もまさに英国紳士で、現場にいるすべての方に気を使われますよね。昨年（２０１４年）また共演させていただいた『時は立ちどまらない』のときもそうでしたけど、周りを本当によく見ておられるなあって。そういう立ち居振る舞いをできることに憧れますし、どうやったらできるのか、気になってしょうがないんです。

中井　自分では意識していないけどなあ。僕は俳優の仕事をやろうとは思ってなかったし、普通にサラリーマンになるものだと思って学校生活を送っていたけど、電車の中とかで人を観察するのが好きだったのは、事実としてあるかな。「面白いおじさんがいるなあ」とか「こんなことをする人がいるんだ」って漠然と人を見ていたから、現場でもスタッフや共演者を見るのが楽しいんだよね。神木くんも自分ではわからないかもしれないけど、同じようなことをやっていると思うよ、きっと。ポンと一発出るチャンスは誰にでもあるけれど、この仕事を長く続けるチャンスは限られた人間にしかない。子役から22歳になった今もこうやって仕事をしているのは、神木くんの積み重ねてきたものが、周りの人を動かしているからなんだよ。

神木　そうなのでしょうか？

中井　僕が初めて俳優の仕事をしたとき、先輩から「主役をやるっていうのは、どういうことかわかりますか？」って言われたんだ。**「人気があるから高いギャラをもらったり、一番いい楽屋を与えられるんじゃないですよ。主役になった人は、スタッフや共演者の健康状態や精神状態なんかに気を使いながら、現場ですごさなければいけない。みんなにごちそうするために高いギャラをもらうのだし、**

気を使って疲れるから一番いい部屋を与えられるのです。それを念頭に置いて、主役をやりなさい」って。神木くんはこれからもっと主役をやっていくだろうから、それは覚えておくといいかもね。

神木 勉強になります。

中井 そのぶん、お金は貯まらないけどね（笑）。

年齢と経験を重ねても、不安は一切解消されない。

神木 俳優の仕事をするつもりはなかったそうですが、始めたきっかけは何だったんですか？

中井 親父が俳優だったんだけど早く死んじゃったから、僕自身は大学生になるまで芸能界とはまったく関係なく生きてきたの。小学生くらいから、子役をやらないかっていう話は来ていたみたいだけどね。その時、そっちの道を選んでいたら、神木くんの軽い先輩（笑）？

神木 あはは！

中井 だけどそれは、母親が全部断っていたらしい。それで大学1年のときに就職面接で、「あなたは俳優にはならないんですか？」って聞かれたんだ。「僕は赤面症だし、人前で何かやるのは無理です」と答えたのだけど、かといって自分は何をやるんだろうと思って。男の子は良くも悪くも親父の背中を見て生きると思うんだけど、自分にはそれがないから、どうすればいいかわからなかったわけ。そんな頃に映画の話が来て、それまで僕の耳に入る前にすべて断っていた母親に、「大学に入ってから先はもうあなたの人生なのだから、自分で決めなさい」って言われたの。最初は断るつもりだったけど、親父と同じ仕事をしてみたら、親父の背中が見えそうな気がしてね。やってみたら、出演した映画がその年のナンバーワンヒットになった。

神木　すごいですね！　そのとき、俳優の仕事が向いていると思ったんですか？

中井　いや、正直よくわからなかった。戦争映画だったけど芝居をした実感が持てなくて、もう一本やってみたんだ。そのとき親父と一緒に仕事をしていた先輩たちと共演して、いろんなことを教えてもらったんだけど、その方たちが「おまえには役者をやってもらいたい」と言ってくれて。そんなこともあって、俳優はいい職業だなって感じたのだと思う。

神木　僕くらいの年齢の頃、中井さんは俳優の仕事にどんな気持ちで取り組んでいたのですか？

中井　『ふぞろいの林檎たち』というドラマに出演したのが21歳のときなんだけど、こてんぱんにやられてね。当時は怖い演出家がとにかくたくさんいたから、毎晩やめようと思うくらい打ちのめされて現場から帰っていたんだ。一方でそのドラマが終わって22歳くらいの頃、ちょうど僕が俳優として世間に認知されるようにもなって、いろんな状況が変わり始めた転機だったと思う。しかも、大学を卒業して学生俳優から職業俳優にならなければいけない時期でもあって、自分にとっての帰る場所がなくなるから、いろんな意味で覚悟を持った年だと思う。でも、芝居に自信がなくてあたふたして、必死で何かを捜し求めていた。だから今の神木くんを見てると尊敬しちゃうもん。

神木　なんでですか（笑）。

中井　この若さで積み上げてきたものがたくさんあるし、さまざまな人たちを見てきたわけでしょ？

神木　確かに、いろんな役者の皆さんとお仕事をさせていただきましたが、僕も高校の卒業式の次の日に、もう学校を言い訳にできないんだって不安を感じたのを覚えています。その頃『桐島、部活やめるってよ』という映画に出演したのですが、高校生のときに撮影を終えて、卒業後に完成した作品を初めて見たんです。登場する高校生たちが明日に不安を感じたり、自分って何？　と悩んだりするのですが、自分の出ている映画を観て、初めて落ち込むというか、深く考えこんでしまいました。だけどんなに考えても、結局自分は演技がしたいから精いっぱい頑張っていくしかないって思ったんですけど、今でも常に不安ではあります。

中井 だけどその不安が、なくなることはないんだよね。

神木 え？　そうなんですね……。

中井 僕は今年54歳だけど、神木くんくらいのときは54歳の自分なんて考えられなかった。だけど一方で、そのくらいの年になったらいろんな不安が解消されているんだろうなって漠然と思っていたけど、一切解消されていない。だから、22歳の頃に見ていたような夢を今も見て不安になるんだ。例えば映画や舞台の初日に、セリフをまったく覚えていなかったり……。

神木 僕も見ます！　何も覚えていないのに、いきなり「用意スタート！」って言われるんです。

中井 **年をとったからとか、ベテランになったから楽になることは、この職業ではあり得ないと思っておいたほうがいい。だから僕はいつも、若い俳優さんとお芝居をするとき、同じピッチに立つサッカーの日本代表みたいなものだって言うんだ。先輩もいれば後輩もいるけれども、後輩は遠慮していたらダメで、「ここにパスよこせよ！」って先輩に言わなきゃいけないんだよね。もちろん、ピッチを出たら上下関係はしっかりしなきゃいけないけど（笑）。キャリアが何年あろうが、作品を作るという意味においては常に平等であり、同じ価値観を持っていないといいものは絶対にできないと思う。**

神木 そう思えるようになったのって、いつ頃なんですか？

中井 僕はテニスをずっとやっていたんだけど、団体スポーツを一度もやったことがないんですよ。その点、俳優は個人プレーではあるけど、団体スポーツのような面もあるんだよね。

神木 確かに価値観の違う人たちが集まっているけど、いいものを作るっていう同じ目的のもとで意思疎通をして、協力し合うっていう意味では団体スポーツといえますよね。

中井　だから自分にとっての初めての団体スポーツが、芝居なんだ。団体スポーツに上下がないことは、経験を積んでいくにつれてわかるようになったのだと思う。22歳のときに54歳の先輩に向かって、「ここ、ピッチっすから、敬語とかそういうのはなしなんで」とは、やっぱり言えなかったから（笑）。年下が「今日は無礼講で！」って言えないのと一緒だよね。

足元を見ながらも、意識は常に頂上へ向ける。

神木　僕はいつもマネージャーさんに、3年後、5年後のことを考えるように言われるんですけど、あまり考えられないんですよね。芝居は続けていたいんですけど、どうなっていたいかっていうことまでは本当にわからないんです。
中井　今度言ってみなよ、「石油王になる！」って。
神木　石油王ですか⁉　ヤバイですね、その肩書き（笑）。
中井　芝居のできる石油王になったら最高じゃない？　石油の利益で生活できるから、趣味として芝居を楽しめるようになるし。
神木　生活以上のことができますよ（笑）。中井さんは、3年後、5年後のことを考えていましたか。
中井　僕は過去に興味がなくて、あまり振り返らない人なんですよ。だから、何をやりたいかっていう考えしかなかったかな。だけど今の話は、**具体的なヴィジョンを言えるかどうかってことより、先を考える姿勢を植え付けることが大事なんだろうね。思うことや願うことは、方向性を知ることだから。**たとえば神木くんが3年後に帝国劇場で主役を張りたいと思えば、少なくともそっちの方向に気持ちが向くわけでしょ。『ふぞろいの林檎たち』はＴＢＳの金曜ドラマっていう枠で、今で言う〝月

9〟の大人版みたいなものだったんだけど、デビューしてずっと〝金ドラ〟に絶対に出たいと思っていたら、本当にオファーが来た。たとえば悪役をやりたいとか、ものすごくスケベな役をやりたいとか、なんでもいいけど思うことが大事なんだろうね、きっと。もう大人なんだから、激しいベッドシーンがある役をやりたい、とかでもいいんじゃない？

神木　ベッドシーンかあ……、あるんですかね？

中井　俺は見たくないけどね！

神木　僕も見られたくないです（笑）。だけどこれまでやりたいなと思った役は、かなりピンポイントでやらせてもらっているんです。

中井　すごいなあ、それは本当に神木くんの運の強さだと思う。**やっぱり運っていうのはなんだかんだ言って大きいと思うし、それを逃さないためには努力するしかない。**

神木　俳優を続けていくためには、今必死に演技をするしかないと思っています。とにかく今やっている役を全うしなくてはって。それが終わったら、また次の作品で必死に役作りをしていくことの繰り返しです、僕は。とにかく必死です。

中井　それが正しいと思う。人生は山登りと一緒だってよく言うじゃない？　頂上が果てしなく遠くに思えるけど、足元を見て一歩ずつ登っていたら、意外と高いところに来ていたっていうのと同じで、足元を見ながら意識は常に頂上へ向けておくことが大事なのだと思う。だからヴィジョンは別に具体的じゃなくてもいいんだよ。石油王になるって思わなくても。

神木　はい（笑）。ところで、演技をしていて、今まで一番ピンチだったのはどんなときですか？

中井　ピンチなんて毎回だよ！　でも役に入り込んでいるときは、そんなことすら考えられないかな。だって**余力を残して芝居をしていたら、お客さんに対して失礼だから。ピンチのところまで追い詰め**

られているから、いいお芝居ができるのだと僕は思うんだ。いつも噛んでしまうセリフだからゆっくり言おうと思った時点で、お客さんに対する裏切りになってしまう。僕らが必死にやっていることにお客さんは喜びを感じるわけで、俳優は本当に身を削って夢を売る商売なんだよね。

神木　僕は大変なことも楽しい一心なので、ピンチだとあまり思わないのかもしれないです。

中井　そこがいいよね。ポジティブなのか、わかってないのか、どっちなのかは謎だけど（笑）。

神木　どっちでしょうね（笑）。これまでやめようと思ったことはあるのですか？

中井　そう思うことのほうが俳優人生のなかで多いし、今でも年間相当な回数で思ってます。向いてなかったって思うことも多いし。それはたぶんこの先も変わらないんじゃないかな。

神木　意外です……。そう思う理由はあるのですか？

中井　俳優は感情を動かす仕事だけど、どうしても動かないことがやっぱりあるんですよ。体についた傷なら、目で見て、1週間も経てば治るだろうって思えるけど、感情がいつ治るのかは、自分ではまったくわからない。そうなるともう先の見えないトンネルに入ってしまった感じで、この仕事は向いてなかったんじゃないかとか、やめなきゃいけないんじゃないかって考えてしまうんですよね。

神木　そこからどうやって立ち直るんですか？

中井　とはいえ僕らは、「今日は調子が悪いんで休みます」と言うわけにはいかなくて、やらざるを得ないでしょ。感情が動かないなかでのお芝居はかなりストレスになるけど、あるときふわっとまた動き出す瞬間があって、それにすべてが救われるんだよね。どういう回路で治るのかはわからないけれど、やっぱり共演者からもらうものは大きいと思う。人は人にしか救われないと僕は思っているんだけど、『風のガーデン』も相手が神木くんじゃなかったら、僕の芝居もまったく違うものになっていたんだよね。こういう話を突き詰めていくと、宇宙的になっちゃうから躊躇《ちゅうちょ》しちゃうんだけど、**演**

技って相手から何かを受け取って、自分も何かを与える交信みたいなものじゃないですか。普段の生活でそれを意識してやることはないけれど、役者の場合は意識的にやらなければいけない。目に見えないもののキャッチボールをし合う商売なんだよね。

神木　確かにそうですね。

中井　昔、高倉健さんとお芝居をやらせてもらったとき、高倉さんが「気」についてよく話していたんです。僕はそのとき30代前半くらいで、意味がよくわからなかったのだけど、俳優をやればやるほどわかってきて、今ではそれ以外の表現が難しいんだよね。

神木　「気」ですか……。

中井　そう。人と人の気だったり、お客さんにどういう気を与えるかだったり。中井さん、気持ち悪いことを言ってるなあって今は思うかもしれないけれど、だんだんわかってくるよ（笑）。あと30年くらい経ってそれがわかったとき、僕はこの世にいないかもしれないけれど、お墓の前に報告に来てくれる？「中井さん、気がわかりました！」って。お墓の中で聞いてるから。

神木　すぐに行きます。今度から気にしてみよう。

中井　それってやっぱり、「気」だけに？

おわりに

20歳になってからの2年間で、この対談を通していろんなジャンルのマスターにお会いすることができました。毎回刺激を受けたり、励まされたりして、得るものが本当にたくさんあったと改めて思います。お会いしたマスターに共通して感じたのは、人柄のよさです。みなさんやりたいことをやっていながら、自分たちが発信するものを受け取る人を、いかに喜ばせることができるかを常に考えていらっしゃる。そういう意味では、全員がエンターテイナーでした。

マスターたちにお会いしたことで僕は、自分にしかできないことを探したいと以前よりも強く思うようになりました。演技に関しても、この世界にいられる意味を考えたいし、せっかくいさせてもらっているのだから、どう表現したらもっとよくなるのかを突きつめたい。いろんな方のお話をお聞きして、やられていることを知ることで、発信する大切さを感じたのだと思います。それと、疑問に思ったことはなんでも聞いてしまっていいんだ、とも思うようになりました。無知な僕があれこれ尋ねると、マスターの方々が丁寧に説明してくださるのがうれしかったし、世の中の考え方や価値観は先輩から教えてもらったことで成り立っているのだと実感しました。

夢を追いかけるのはかっこ悪いことではないし、人から何か言われても気にする必要はない。むしろ夢を追いかけるのは、かっこいいことなのだと勇気をいただきました。世の中には本当にいろんな可能性があって、考え方次第で世界を狭めることも、広げることもできるのです。「だって、この人たちはプロだから」と自分と切り離してしまうのは簡単だけど、マスターになるまでの過程も当然あったわけです。可能性は平等に開かれているのだから、たとえやりたいことが明確じゃなくても、興味を持ったことから始められる気がします。それが中井貴一さんがおっしゃられていた、ヴィジョンを持つ大切さなんだと思います。具体的にはわからなくても、やりたいことを考えることで方向性が決まってくるって。結局、僕の代わりにまとめてくださいました（さすが、お父さん！）。この本が読者のみなさんにとっても小さな一歩を踏み出すきっかけになったら、うれしいです。

神木隆之介

〈初出〉
「神木隆之介のMaster's Cafe」
(『アンアン』1862号、1867号、1874号、1879～1883号、1885～1888号、1907号、
1916号、1919号、1928号、1932号、1936号、1940号、1944号、1948号、1956号)
＊中井貴一さんとの対談は本書オリジナルです。

〈写真〉
中島慶子(カバー、P1~5、P23、P117)
勝岡ももこ(P7~13、P27~38)
DYSK(P14~16、P18、P21、P39~95)
森滝進／まきうらオフィス(P14~15、P17、P19~20、P22、P97~176)

〈スタイリング〉
猪塚慶太
吉本知嗣
壽村太一(SIGNO)

〈衣装協力〉
UNIVERSAL PRODUCTS／1LDK AOYAMA HOTEL ☎03-5778-3552
(P23、P177 神木分ジャケット)

〈ヘアメイク〉
大野彰宏(ENISHI)
INOMATA (&'s management)
藤井俊二

〈取材＆文〉
黒瀬朋子
兵藤育子

〈Master's Cafe本文ロゴ〉
佐藤 卓

〈編集協力〉
アミューズ

〈ブックデザイン〉
鈴木成一デザイン室

著者略歴

神木隆之介（かみき・りゅうのすけ）
一九九三年五月一九日生まれ。一九九九年『グッドニュース』でドラマデビュー。二〇〇五年には、主演映画『妖怪大戦争』で日本アカデミー賞新人俳優賞を受賞している。主な出演ドラマは『SPEC』『11人もいる！』『家族ゲーム』『学校のカイダン』など。映画は『桐島、部活やめるってよ』『SPEC』『るろうに剣心』『神さまの言うとおり』『脳内ポイズンベリー』『バクマン。』など多くの話題作に出演。また、アニメ映画『サマーウォーズ』『借りぐらしのアリエッティ』では声の出演として作品に参加。最も注目される俳優として活躍している。

神木隆之介のMaster's Cafe
達人たちの夢の叶えかた

二〇一五年九月二五日　第一刷発行

著者　神木隆之介
発行者　石﨑孟
発行所　株式会社マガジンハウス
〒一〇四－八〇〇三 東京都中央区銀座三－一三－一〇
書籍編集部☎〇三（三五四五）七〇三〇　受注センター☎〇四九（二七五）一八一一
印刷・製本所　大日本印刷株式会社

ISBN978-4-8387-2800-8 C0095